グランブルーファンタジー IX

はせがわみやび

ファミ通文庫

CONTENTS

イラスト／Cygames

これまでのあらすじ

大地が空を漂う世界。辺境の浮島《ザンクティンゼル》で育った少年グランは、空に憧れ、空の果てへと旅立つことを夢見ていた。

不思議な少女ルリアとの出会いをきっかけに、ルリアの護衛の女騎士カタリナ、自らの相棒である羽根トカゲのビィと共に空へと旅立つ。

風の島《ポート・ブリーズ群島》では、操舵士ラカムと彼の艇グランサイファーが。

火の島《フレイメル島》では魔導士の少女イオ・ユークレースが。

水の島《アウギュステ列島》では、老兵オイゲンが加わった。

そして、森の島《ルーマシー群島》では、薔薇の美女ロゼッタが仲間に。

こうして、騎空艇グランサイファーの乗組員は増えていったが、カタリナの後輩ヴィーラの統治する城砦都市アルビオンを訪れた際、そこでの戦闘により艇は修理が必要なほどの傷を負うことになった。

グランたちは騎空艇の修理のために船大工の島《ガロンゾ島》へと向かう。

途中、『霧に包まれた島』で足止めされたものの、ガロンゾ島で、ラカムの親友だというノアと出会う。少年の姿をしていたノアだったが、実は彼の正体は艇造りの星晶獣だった。ノアの力により、グランサイファーは完璧な修理を行うことができた。

喜ぶグランたちの前に、揃いの制服に身を固めた背の高い少女と背の低い少女の二人が現れる。七曜の騎士《碧の騎士》率いる《秩序の騎空団》第四騎空艇団の船団長リーシャと、その補佐であるモニカだという。二人の要請により、グランたちは《秩序の騎空団》の拠点である《アマルティア島》を訪れ、そこで牢のなかの黒騎士と出会う。

黒騎士は帝国に告発され、裁判のために島に囚われていたのだ。囚人となった黒騎士だったが、何故か帝国兵たちが狙ってくる。

帝国の陰謀を知る黒騎士を、裁判で証言される前に口封じするためだった。

モニカの要請によってグランたちは黒騎士の保護を引き受ける、アマルティア島を脱出し、ラビ島にある帝国の旧王都メフォラシュへと辿りつく。

そこに陰謀の黒幕である帝国宰相フリーシアがいると睨んだのだ。しかし彼女は既に立ち去った後で、王城にある秘密の部屋には星の民の遺産と守護兵であるゴーレムが残されているだけだった。ゴーレムは撃破したものの、フリーシアも、彼女に捕らわれているはずのオルキスの姿もない。そのとき、リーシャが新たな情報を得て追ってきた。

「宰相はルーマシーに居ます、そこに青い髪の少女と共に降り立った、と」

第1章 森に眠る歴史

1

硝子窓の向こう、視界いっぱいに。

青い空。

白い雲。

そして——ああ、見えてきた。

「おおい、団長。そろそろ席に着いてくれないか」

雲と同じ高さに浮かぶ大きな森……！

「グラン……グランってば！」

自分の身体をつつくルリアの指に気づいてはっと僕は我に返る。

「あ……」

「カタリナがさっきから呼んでます！　ほら」

振り向くと、カタリナが副艇長席から苦笑を浮かべ、風防窓にへばりつく僕を見下ろしていた。そうだ、ここは操舵室のなかだったっけ。

青空はいつだって僕の心を捕まえて、此処ではない何処かへと誘ってしまう。ぼうっとしている場合じゃなかったと思い出す。

「は、はい！　すぐ、席に戻ります！」

　僕はまだ団長と呼ばれることに慣れない。思わず背筋を伸ばしてしまってから、一段高くなっている艇長席へと駆け寄った。短い階段を昇って、座る。

「ほら」

「ありがとう、グラン」

　腕を伸ばして、ルリアの手を取り引き上げる。

　彼女の席はいつの間にか僕の隣に用意されていた。

「本当なんですか、その……あなたたちが離れられないというのは……」

　手を繋いでいた僕と青い髪の少女を見て言ったのは、制服姿の女性——リーシャだ。《秩序の騎空団》の第四騎空艇団の船団長。

「席を隣同士にするほどではないんですけどね」

「信じられないです……一つの魂を二人で分け合ってるなんて。しかもそれが帝国のせいだなんて……」

「あやうく死んじまうところだったんだぜ！」

　僕の相棒であるビィが言った。外見は羽根の生えた小さな赤いトカゲの姿で、僕の頭の上に浮かびながら捲し立てている。

「そうだな。あのとき確かに私たちは君の死を覚悟したんだ。ルリアがその……魂を分け与えることができるなど思ってもいなかったしな」

元帝国軍中尉であり、ルリアの保護者でもあるカタリナが言った。

「あのヒゲのおっさん、ホントひでーことしやがるぜ……」

「ポンメルンか……そうだな」

「帝国軍大尉のことですか」

リーシャに問われ、カタリナが頷いた。

「あなたたちは、ザンクティンゼルで、あの魔晶を使う男と出会ったんですね」

「魔晶か……あの力は星の力を研究する過程で生まれたものだと言うが……」

そう言いながら、カタリナはちらりと自分の脇に座っている黒尽くめの女性を見る。

元エルステ帝国最高顧問・黒騎士——アポロニア。

この女性は、魔晶の技術開発に携わっていた……はず。

「ふん……あれは星の力の秘密を解き明かす為の研究の副産物のようなものだ。粗悪な紛い物の力にすぎん」

リーシャがその黒騎士の言葉を咎める。

「それでも空域の秩序を脅かすには充分な力です。実際に、市井には魔晶を砕いた粉が流出しており、その粉により魔物をおびき寄せたと思しき事件が、この半年だけでも数件報告されています」

リーシャの言葉に僕たちは目を瞠った。

「それは本当か、リーシャ殿」

「証拠が不充分な為、正式な告発はできませんが……」

カタリナの問いに、リーシャは悔しそうに唇を噛んだ。そして黒騎士を睨む。

「黒騎士、あなたたち帝国――いえ、あなたの睨んだところでは、その中心人物は宰相のフリーシアでしたか――彼女は、星の力を研究して何をしようと考えているのですか」

「知らんな」

「そんな無責任な……！」

リーシャが目を吊り上げる。帝国の最高顧問という地位に就く者からは聞きたくない言葉だと言いたげだ。

「元より私には、あの女の目的などどうでも良かった。オルキスさえ元に戻せるのならば、な。その為に星の力が必要だと聞いたから帝国軍に協力していただけだ。それに、あの女が星の力の研究を始めたのは、帝国がまだ王国だった時代からだ。当時はエルステ王国の再興の為、と言っていたがな……」

黒騎士とリーシャの会話に僕は言葉を挟み込む。

「廃れつつあったゴーレム産業の代わりの力が欲しかった……という話でしたけど、黒騎士さんは違うと思っているんですね？」

「そう……だな。おそらく違うだろう。あの女の目は帝国を見てはいない。もし見ているのならば、もう少し軍の手綱を握っているだろう」

黒騎士の言葉に僕は思わず頷いてしまう。

確かに帝国軍の行動には首を捻るものも多い。

特にあのフュリアス将軍などは、まるで帝国の目的よりも己の気分のほうが大事だとでもいうような振る舞いを続けている。あの将軍を放っておいているのだから、黒騎士の言うとおりなのかも。

「なら、宰相の目的は何だと言うんですか」

「それは判らないな。ただあの女自身も何かを成す為に星の力を欲しがっているのは確かだ。ルリアには星の力をもつ星晶獣を従える能力がある。捕獲して研究を続けていたが成果は上がらなかった。そこで私たちは、彼女自身に星の力を集めさせることにし

たのだ。護衛付きでな」

「その計画に私はまんまと利用されたというわけか」

カタリナがやや沈んだ口調で言った。

黒騎士の言うことを信じるならば、ルリアとカタリナが出会ったことも、カタリナがルリアを連れて帝国を脱出したことも、全て黒騎士と宰相の思惑通りだったということになる。信じられないほど複雑な計画だけど。

「カタリナ……」

「ルリア、そんな顔をしなくていい。私はこの出会いに感謝しているし、全てが帝国の思惑通りではなかったことを確信している」

「そうだな。まさか《機密の少女》を助ける為に身を投げ出し、結果的に彼女の魂の半分を手に入れるような愚かな輩が役者として舞台に上がるなど想定外だった」

そう言って、黒騎士が僕を見た。

「黒騎士、貴様その言い草は――！」

怒り出したカタリナも僕を見る。というか、そのとき操舵室にいる人たち全員が僕を見ていた。

えっ――？

「あ、今の僕のことですか、もしかして」

「おいおい。グランよう」

ビィが半目になって僕を見下ろした。

「いやでもビィ、僕はただルリアを助けようとしただけで……それでまさかルリアの魂を分けてもらうことになるなんて。ほんと、ごめん」

「謝らなくてもいいんです。私のほうこそ、勝手にグランの自由を奪ってしまったんですから……ごめんなさい」

言いながら、ルリアが柔らかい瞳で僕を見つめた。

「そんな風には思ってないよ。それに――」

僕は操舵室を見回した。傍らのルリアとビィを、副艇長席のカタリナを、先ほどから背中で会話を聞きつつも、口を挟まずに黙って舵輪を操っている我らが操舵士ラカムを、黒騎士とリーシャを。

操舵室の窓いっぱいに広がるファータ・グランデの青い空を。

「代わりに僕はこの空を飛ぶ翼と仲間を手に入れたんだから」

「グラン……」

「ふん……半分でも魂があるだけマシだろう」

黒騎士の言葉に僕たちははっとなる。

彼女の連れていたオルキス……実はエルステ王国の王女だった少女は、十年前に星晶獣絡みの事件で魂が失われてしまったのだという。

「でも、オルキスちゃんと私たちは友だちになったんです！」

「人形と友だちに、か？」

あざけるような物言いにルリアが珍しく声を荒らげた。

「オルキスちゃんは人形なんかじゃないです！　魂が無くなっただなんて嘘です。それは……確かにお話に聞いた十年前の子と同じには見えないです、けど……」

言葉の最後は弱々しくなった。

旧王都メフォラシュで聞いた過去のオルキスは快活で明るい少女だった。今のオルキスとは正反対の性格なのだ。

「嘘ではない。あれはオルキスではない。いつの間にかそれなりに喋れるようにはなったようだがな……魂が失われた器に知らぬ間に出来上がった仮初の人格だ」

仮初の人格――。

「あれは人形だ。オルキスではない」

そう言って黒騎士は押し黙った。彼女のその言葉は、事実を告げるというよりは、僕には何故か、自分自身に言い聞かせている言葉に聞こえたんだ。

「ただいまー！　って、あれ？　どうしたの？　なんか空気がヘンじゃない？」

操舵室後方の扉を開いて金髪の女の子が入ってくる。

イオだ。その後ろから全身を紫の薔薇で着飾った女性と、背中に大きな銃を背負った男が入ってくる。ロゼッタとオイゲンだった。

「どうやら《秩序の騎空団》の艇とはかなり離れてしまったようね。もう後ろには影も見えないわ」

ロゼッタが言った。

「グランサイファー速いもん！」

イオがまるで自分の艇であるかのように胸を張った。

リーシャが頷く。

「やはり、こちらに乗せてもらって正解でしたね」

「空に魔物は出てきてねえな。このまま島に寄せちまって大丈夫だ」

オイゲンはそう言いながら娘であるアポロニア――黒騎士のほうを見たが、黒騎士が目も合わせようともしないので、ため息をついてから視線を剝がした。

「んじゃあ、艇を下ろすぜ。みんな席に着いてくれ。で、グラン」

　ラカムが振り向きながら訊いてくる。ラカムは団長ではなく僕が反応しやすい名前で呼ぶことにしたようだ。このあたりに実利を取るラカムと、軍人気質で真面目なカタリナの性格の差が出ているような気もする。

「このまま港に着けちまっていいんだな？」

　ラカムの問いかけに、僕はちらりとリーシャを見る。

「私たち《秩序の騎空団》が、既に騎空艇港に基地を作っているはずです」

　リーシャの言葉に僕は頷いた。

　で、あるならば、正式な港に停めるほうが艇の離着陸には都合がいいだろう。後を追っているはずのリーシャの艇も港を目指すはずだ。

「ラカムさん、港にお願いします」

「おう！　任せとけ！」

　風防窓の向こうの空に、緑の島――《ルーマシー群島》の姿が大きくなってくる。

　森がそのまま空に浮いているような島だ。

　島の端に、空に突き出るように生えた巨大な木がある。枝に騎空艇を留められそうなほどの大木だった。実際、その大木に巻き付くようにして騎空艇港が造られていた。しかも、枝が桟橋を支えていたりする。

グランサイファーは港になっている大きな木へと近づいてゆく。

「森がざわついているわ……そうね、確かに何かが起きているみたい……」

ロゼッタが形のよい眉(まゆ)を寄せて言った。

艇が桟橋へと寄せられる。

枝のように空へと突き出している港の桟橋は、大木の緑の樹冠(じゅかん)が頭上の青い空を覆っていて、うす暗い木陰になっていた。

桟橋を見て僕たちは気づいた。

騎空艇港には艇が一隻も停まっていない。

そういえば、お馴染(なじ)みの管制塔(かんせいとう)とのやり取りもなかったっけ。

艇を留めて、僕たち九人と一匹（僕、ルリア、カタリナ、ラカム、イオ、オイゲン、ロゼッタ、黒騎士、リーシャ、そしてビィ）はルーマシーの港に降り立った。

「誰もいないです、グラン……」

「通話器にも反応がなかったから、ある程度予想はしていたが。これはいったい……」

グランサイファーを係留させている間も誰一人として出てこなかった。だが、明らかに無人ではない。その証拠に桟橋には艇を留めるために使われたばかりと思しき縄が放り出されたままになっていたりする。

「なーんか、妙な雰囲気だな……」

ラカムがつぶやいた。

2

「さてと。グラン、これからどうする？」

ラカムに尋ねられて僕はしばし考える。

港の様子は明らかに異常だ。

島の住民たちも人付き合いが苦手な者が多いとはいえ、あからさまに居留守を使ってくるほどでは無かったはずだ。

「リーシャさん。この島で宰相の姿を見たという話ですけど――」

「はい。報告によれば、島にやってくる帝国の艇を見た者がいるそうです。それと、森を行軍する帝国兵たちと、指揮している女性将官の姿を」

「フリーシアか」

カタリナが言った。

「おそらくそうだと思われます。眼鏡をかけたエルーンだったそうですから。その傍らには、ややくすんだ青い髪の少女がいた、と」

「それは森の何処ですか？」

「島のもっとも高い土地にある遺跡の近く……らしいです。森の住民であるエルーンの猟師の話だとか。港に獲物を卸しに来たときに、そういう光景を見たと話し、それが《秩序の騎空団》の情報網に引っかかりました」

「いつ？」

「三日前、になります」

リーシャの話に、黒騎士がつぶやく。

「思い当たる節がないわけではない。この森の最深部の遺跡は……」

「星の民のものだから――でしょ？」

ロゼッタが言った。ぎろりと黒騎士に睨まれ、肩をすくめる。星の民と聞いて、みなの顔が緊張に満ちたものへと変わった。

二人のやりとりを見ていたビィが、思い出したように言う。

「そういや、前にルーマシーに来たとき、黒騎士とロゼッタは、知り合いっぽかったよな？」

「あ、そーよね」とイオ。

「言われてみればそうだったな。二人は以前から面識があったのか？」

カタリナが問いかけた。

「ふふ。ちょっと一言では言えない仲よね？　ねぇ、黒騎士さん」

「知り合い、という程のものでもない。ただ、名前と顔を知っていた程度だ」

あら、詰まらない答えね、とロゼッタがつぶやいた。つ、詰まらなくてもこの場合はいいんじゃないかな……。

――って、待って。

「えっ、ロゼッタさんは、じゃあ、オルキスのことも知っていたんですか」

確か、森で出会ったから保護してきたと言っていたはず。

「いいえ。黒騎士さんは有名人だから、もちろん知っていたけど。あの子のことは知らなかったわ」

「でも、……森のなかで起きていることはぜんぶ判るって前に言ってましたよね」

ロゼッタが頷いた。

「黒騎士さんがあの場所に小型の騎空艇を留めたこと。その艇に誰かを残したまま森の奥へと行ったことは判っていたわ。でも、オルキスちゃんが艇の外に出てきたのはアタシの仕業ではないし、そのままだと森の魔物たちに食べられていたのも本当よ」

そうロゼッタが言った瞬間に、黒騎士の視線がより冷たいものへと変わった。

「感謝しろと？」

「してもいいのよ？」

「神出鬼没（しんしゅつきぼつ）なルーマシーの森の魔女……おまえは何が目的だ、ロゼッタ」

相手を殺せそうな目つきで睨まれてもロゼッタは柳に風と受け流した。わずかに肩をすくめただけで言い返す。

「ふふっ、女心は空の底よりも深くって、そうそう理解できるものじゃないの」

そう言ってから、ロゼッタは僕を見た。

「約束があるの……もうずいぶん前にした約束なんだけどね。その約束があるから、アタシは動いている。いま言えるのはそれだけよ」

言ってから、まさしく薔薇のように微笑（ほほえ）んだ。

微笑みの向こうに謎（なぞ）を隠していることは判ったけれど、それが何かまでは判らない。いつか教えてくれるときがくるんだろうか……。

「しかし……星の民の遺跡か。そこであの宰相サンは何をしようってんだかな」

オイゲンがぽつりと言った。

「星の力に絡む何か、ですよね」

僕の推測に黒騎士が頷いた。

「だから、人形を連れて行ったのだろう。ルリアも一緒に確保するつもりだったようだが……」

ルリアが僕の傍らでびくりと身体をすくませたのが感じ取れた。

「だいじょうぶだよ」

「はい！」

背中を安心させるように軽く叩くと、ルリアは微笑んだ。

「しかし、そうなると、迂闊にルリアを連れて歩くわけにはいかないか……」

「だいじょうぶです！　私、頑張ります！　それに、早くオルキスちゃんを連れ戻してあげないと……」

「そんなにあの人形が心配か」

「オルキスちゃんもですけど……」

ルリアの注ぐ視線にわずかに黒騎士が狼狽えた。

オルキスも心配だけれど、あなたもですよ――そう彼女の視線は言っている。

黒騎士は狼狽を隠すかのように低い声でかすかに言った。

「あれは私のものだ。元より宰相などにやるつもりはない」

「ともかく情報を手に入れるのが先です」

リーシャが言った。

「その《秩序の騎空団》の基地ですけど、どこにあるんですか」

「駐在所として港の端の建物を徴収したと連絡を受けています。たぶん――あれかと」

栈橋の端に建てられた小さな小屋を指さした。

小屋の扉が、その瞬間にがらりと開いた。

男が一人出てくる。

一度、崩れるように倒れるとむくりと起き上がり、まるで酔っぱらっているかのようなふらふらした足取りで僕たちのほうへと向かってくる。

「あれは……！」

真っ先に声をあげたのはリーシャだ。

男は《秩序の騎空団》の制服を着ていたのだ。

リーシャの声に男が顔をあげる。

掠れ声を張り上げた。

「く……ぐはっ……。に、逃げろ……」

そのまま再び俯せに倒れた。

慌てて僕たちは駆け寄る。

「しっかりしてください、何があったんですか！」

リーシャが叫んだ。

倒れた男の向こうから声がかかる。

「おや……ようやくのご到着ですか」

冷たい声に覚えがあった。

顔をあげる。

開かれた小屋の扉にもたれかかるようにして彼女が微笑んでいた。

「フリーシア！」

黒騎士が吼えるようにその名を呼んだ。

3

目の前でうつ伏せになって倒れている《秩序の騎空団》の団員らしき男。

男の向こうに立って、僕たちに対して薄い笑みを浮かべている帝国宰相フリーシア。さらに開いた小屋の扉の向こうから帝国の兵士たちが出てきて、宰相の脇を固めるようにずらりと並んだ。

「こ、これは……」

カタリナが息を呑む。

「見ての通りだろ。俺たちは、まんまと引っかかっちまったってことらしいな」

ラカムがそれでも飄々とした表情を崩さずに言った。

どうりで港に誰も出てこないわけだぜ、と続ける。ガロンゾ島を越えてからのラカムは、なんだかとても落ち着いて見える。イオに目だけで訴えて、倒れている男の治癒を頼んでいた。

「罠だった……ということか。《秩序の騎空団》の情報網に引っかかるようにワザと姿を見せたのか？」

カタリナが言った。

フリーシアが冷たく微笑む。笑みを見る限りではカタリナの推測は正しいようだ。

「すべてが我々をおびき出すための罠だった、とはな」

黒騎士が吐き捨てるように言った。が――。

「すべてが、ではないと思います」

「なに?」

「そもそもは、黒騎士さんの口を封じようとしていたわけですから」

万が一にもそれが成功していたら、この場に黒騎士はいない。

つまり宰相は、この場に黒騎士がいることを初めは想定していなかったはずだ。もちろん、一国の宰相を務めるほどの人物であるから、失敗した場合の応手も用意してはいただろうが……。いやむしろ失敗したからこその罠だったのかもしれない。

だが、決して最初からの思惑通りに僕たちは動かされてはいない。それは宰相の表情を見れば判る。

残念そうな顔こそ見せていなかったが、瞳にわずかな揺らぎがあった。

「ポンメルンには、余計なことをせず、居所だけを突き止めるようにと厳命していたのですけれど……」

そう言いながらフリーシアはため息をついてみせた。

ため息が合図だったかのように、脇に控えている兵士たちが一斉に剣を抜く。

「罠だと判ったとて貴様らに逃げ場はないぞ!」

隊長らしき男が言った。

「けっ……。悪ぃが、逃げる気なんざ、さらさらねぇなぁ！」

背中の銃を両腕に抱えなおしつつオイゲンが叫び返した。

「ふん……。忌々(いまいま)しいが私も同意見だ」

黒騎士も剣を構えようとする。

それを制して、リーシャが一歩前に出た。

「エルステ帝国宰相フリーシア殿、帝国はファータ・グランデの空の秩序を乱すという理由で黒騎士を告発したはずです！」

フリーシアが、ちらりと関心の薄そうな視線をリーシャに投げた。

「それで？」

「では、なぜアマルティア島への襲撃を行ったのか。黒騎士が秩序の破壊者だと告発したならば、なぜ我々に任せなかったのか。答えてください！」

凜(りん)とした口調と態度で問いかけた言葉は、帝国宰相の陰謀を暴き立てるものであって、リーシャはおそらくフリーシアがそれなりの言い訳をしてくると読んでいたはずだ。

だが、フリーシアは表情を変えることなく言う。

「いまさらですか？」

その答えはさすがにリーシャも予想していなかったようだ。

「な……に……？」

「既にオルキスは必要なだけの星の力を手に入れました。いえ、必要以上と言っても良いでしょう。《機密の少女》も合わせれば充分です」

それが答えだと言わんばかり。

「帝国最高顧問としてのアポロニアの役割は終わったのです。出番の終わった役者は舞台から捌けるものでしょう？　立たせておくほうが無粋というもの」

フリーシアの言葉は、帝国による黒騎士の告発が不当なものであったことの告白でしかなかったが、彼女は迷いなくそう言い捨てた。

「あ、あなたは……何を言って……」

「ほう。私を案山子扱いするつもりか。だが有象無象が集まったところで、私を止めることはできないぞ。私は私の人形を貴様に渡した覚えはない。貴様の思惑などどうでも良い。人形は返してもらう！」

黒騎士が言い放った言葉に、ルリアが声を揃えた。

「そ、そうです！　オルキスちゃんを返してください！」

「いくら探そうとも無駄です。オルキスはこの場にはいませんよ」

問い詰める二人に帝国宰相フリーシアは冷たく返した。

「そんな……！」

そう言葉を詰まらせるルリアに眼鏡の奥の瞳を弓の形に細めて言う。

「ここにはいません。ですが、この島にはいます」

僕たち全員がはっとなった。思わず顔を上げて宰相を見た。

フリーシアはまるで用意された台詞を読み上げるように淡々と言う。

「あれも起動には欠かせない存在ですからね。それにしても、《器》が彼女のことをここまで気に掛けるとは。覚醒の影響なのでしょうか。なかなかに興味深い……」

「貴様、何の話をしている？」

聞き咎めたのはカタリナだ。既に腰の剣を抜き放ち、周囲を窺いつつ、じりっと一歩だけ詰め寄った。応じて、帝国兵たちもフリーシアを護るかのように前に出る。殺気が膨れ上がって、息苦しく感じるほどだ。

「あらあら、帝国の人たちはせっかちね。もう少しゆっくりお話させて欲しいわ」

「ロゼッタ、挑発してどうする」

カタリナに言われて、ロゼッタが肩をすくめた。

「では、始めましょうか」

フリーシアが敢えて（だろう）無視して、何事かを宣言しようとしたときだ。

帝国兵の隊長らしき男がフリーシアの前へと進み出て言う。

「お下がりください、閣下。我らの力で《機密の少女》を手中に収めて御覧に入れましょう！」

「ほう……？　あなたたちでこの者たちを止められるというのですか？」

「はっ！　必ずや！」

その顔は必死であり、何かを恐れているようでもあった。

フリーシアは目を細め、自らの部下を値踏みするかのような視線で見つめる。

「良いでしょう。しかし私の目的は、あなたたちの身の安全を確保することではありません。必要だと判断すれば、当初の予定どおりに《マリス》を使用します。よろしいですね？」

「はっ！」

軽く頭を下げ、兵士たちに向かって命じる。

「《機密の少女》ルリアを確保しろ！」

隊長の号令に兵士たちが一斉に剣を掲げた。

「来るぞ、構えろ！」

カタリナが愛剣《ルカ・ルサ》を軽く頭上で振り回す。水の元素の力を帯びた青い魔力光が剣から散って、僕たちの身体にまとわりついてから消えた。
《光の壁(ライトウォール)》。

　魔法の防御壁が僕たちの身体を包み込む。

　それが戦いの合図になった。

4

　予想はしていた。

　だからフリーシアは驚きはしなかった。

　そもそも、七曜(しちよう)を冠(かん)した騎士は一人で一軍に匹敵(ひってき)するとまで言われる。

　帝国軍兵士が十人、いや、百人いようとも、止めることはできはしまい。判っていた。

　だからこそ――《マリス》を用意したのだ。

　フリーシアの目の前で彼女を庇(かば)っていた兵士が倒れた。驚いたことに鋼の盾がまるで焼き菓子のように砕き割られている。

　即座に治癒の魔法の青い輝きが兵士を覆ったが、立ち上がって戦うところまでは回復できなかった。

黒い鎧を身に着けたアポロニアがフリーシアの前に立ち、詰め寄ってくる。

「フリーシア……貴様、何が目的だ？　答えてもらうぞ……私の人形とルリアを利用して、このルーマシーで何をするつもりだ？」

低く唸るような問いかけの言葉にフリーシアは笑みを浮かべる。

そんなことを、聞くのか今さらと。

今さら……十年もの間、気づかなかったくせに。気づこうとしなかったくせに。

後悔を、非情な信念という鎧で固めて誤魔化してきた。それにフリーシアが気づかなかったと思っているのか。

自分のほうが目の前の小娘よりも遥かに昔から計画していた。

かける想いはより深い。

「私が望むのは正しい世界です」

帝国宰相フリーシア・フォン・ビスマルクはきっぱりと言った。己の正しさを疑いもしなかった。眼鏡の奥の瞳が熱を帯びて輝く。

「私は、あるべき世界を取り戻そうとしているに過ぎません。汚点はその存在を抹消され、道を誤った歴史は正しい姿を取り戻さなくてはならないのです」

フリーシアの言葉に、アポロニアが当惑を顔に浮かべる。

「どういうことだ……？」

やはり判っていなかったか。

フリーシアは心のなかで嗤（わら）った。

彼女は甘すぎる。操るには都合がよかったが――。

「やいやいやいやい！　わけわかんねーこと言うんじゃねーや！　つまりどーいうことなんだよ！」

赤い小さな生き物が空に浮かびながら叫んだ。

やれやれ、とフリーシアは嘆息（たんそく）する。

「それを知るためには資格が必要です……世界の修正は、誰もが知ってよいものではない……」

「世界の……？」

「おしゃべりが過ぎましたか。では試させてもらいましょう。あなたたちが、歴史の分（ぶん）水嶺（すいれい）に立ち会うに足る者たちなのかどうか」

自らの考えを口にしてしまうほどフリーシアは己の優位を確信してはいなかったし、黒騎士の力を侮ってはいなかった。そうでなければ宰相は務まらない。

視線を周囲に走らせ、フリーシアは状況を摑（つか）み取（と）る。

やはり兵士たちによる包囲も限界のようだ。目の前のアポロニアに誰も挑むことができないでいる。遠巻きにして剣をちらつかせているだけだ。

それに、とフリーシアは思う。

試さねばならない。先ほどからの戦いを見ていると、星晶獣も問題なく扱えているようだし、《器》としての覚醒も充分なようではあったが……。

「我が悲願はエルステ王国の再興――」

「貴様は昔からそう言っていたな……言ってはいたが……」

「そこから先は教える必要を感じません」

「だが、お前の手勢は、大半がもはや相手にならんぞ」

負傷して転がる帝国兵士たちを睥睨し、アポロニアの言うとおりであると確認する。

フリーシアは唇を吊り上げた。

「私の手勢は兵たちだけに留まらない。もはや出し惜しみはしません」

そう言い放つと、懐から二つの結晶を取り出す。

《器》の少女がはっと息を呑んだのがフリーシアには見えていた。

「それは……まさか魔晶……」

判ったとしても――遅い！

フリーシアは高らかに宣言した。

「顕現せよ！　星晶獣《リヴァイアサン》！　星晶獣《ミスラ》！」

目の前の騎空士どもの目が大きく見開かれた。

フリーシアは満足げに微笑むと、手のひらの上の魔晶へと意識を集中させる。

リヴァイアサンはアウギュステ列島の、ミスラはガロンゾ島の守護星晶獣である。

オルキスや蒼の少女ルリアは、彼ら星晶獣の力を取り込むことができ、さらにその分身を召喚することができる。その力は、このように結晶のなかへと封じ込めることで利用することができた。

魔晶から空へと向かってまばゆい輝きが立ち昇り、緑の天蓋に覆われ薄暗かった栈橋が刹那だけ白光に包まれる。

光が収まると、大きな栈橋に巻きつくようにして浮かぶ巨大な竜のような星晶獣――リヴァイアサンと、歯車を幾つも組み合わせたような奇怪な身体の星晶獣――ミスラが忽然と現れていた。

「せ、星晶獣を同時に二体だと……！」

元帝国軍中尉のカタリナが言った。

「オルキスちゃん無しで、これだけの星晶獣を支配するなんて……」

「さあ、《機密の少女》を渡すのです。従わなくば――」

これ見よがしに魔晶を掲げる。

「くどい！　私たちはルリアを渡すつもりはない！」

「いいでしょう。リヴァイアサン！　ミスラ！　愚か者たちに罰を！」

咆哮（ほうこう）とともにリヴァイアサンが巨体をくねらせ、ミスラの身体を構成する巨大な歯車がギリギリと音を立てて回りだした。

5

星晶獣リヴァイアサンは、帝国戦艦に匹敵する巨体を持つ竜の姿をしている。

頭から尾までの長さは騎空艇を留める桟橋よりも遥かに長く、胴の太さはグランサイファーの甲板（かんぱん）ほどもある。

長大な身体を桟橋に絡め、蛇のような瞳を騎空士たちに向ける。

その瞳は、だが何も映してはいなかった。

魔晶によって召喚される星晶獣は、本体の分霊（わけみたま）とでもいうべき存在であり、その身体も心も術者によって縛られる。

つまり、帝国宰相フリーシア・フォン・ビスマルクの意思によって。

リヴァイアサンは桟橋を巻きつける己の身体にほんの少し力を込めた。

「桟橋が……崩れちゃう！」

悲鳴のような声が金色の髪をした少女からあがる。

空へと突き出した桟橋の半分が、リヴァイアサンの締め付けによって脆（もろ）くも瓦解（がかい）し、ルーマシーの大地へ、一部は空の底へと落ちていった。

「なんてこった。このままじゃ、グランサイファーも落ちちまうぞ！」

さらに星晶獣ミスラの身体の中心に存在する緑の珠が光った。まるで瞳が瞬（またた）いたかのように見えた。輝きは幾つにも分裂し、眩（まばゆ）い光弾となって降り注いでくる。桟橋へと次々と着弾すると、大きな穴を穿（うが）ち、瓦礫（がれき）を飛ばしてきた。震動が足下を伝ってくる。砕けた石畳が細かな塵（ちり）となって立ち込め、辺りに砂の紗（しゃ）がかかった。

建物のなかから悲鳴があがった。

こと、ここに至り、桟橋や管制塔の役人たちも引（ひ）き籠（こ）もっている訳にはいかなくなった。帝国兵に脅され、建物の内で大人しくしているのも限界だった。このままではどのみち落ちる桟橋と運命を共にすることになる。

扉を開けて逃げ出した。

危急を知らせる鐘の音が高く低く鳴り響く。

その音が騎空艇港を包むと、大木の枝に支えられている二番、三番の桟橋からも慌ただしく人々が逃げ出してゆく。

帝国兵たちさえ動揺を顔に浮かべ、撤退を余儀なくされている。

星晶獣二体による破壊は一方的に進むかに見えたが――。

そこから騎空士たちの反撃が始まった。

天空に光の亀裂が走り、青い空を背景に黒々とした鱗をもつ竜が姿を現す。

《原初のバハムート》。

切なる願いに応じて、竜はその身を枷から解き放つ。

壮烈な咆哮は空を揺るがし、聞く者に畏怖の念を抱かせる。

斯くの如き伝説に謡われる黒き竜が赤き枷を引きちぎり吼える。

声に乗せて放出された竜の力は加護となって、召喚者と、意思を共にする者たちを包み込んだ。

その身体が光の粒となって消えると、入れ替わるように今度はリヴァイアサンに匹敵する大きな身体をもつ三つ首の竜が現れる。

風の守護者——《ティアマト》。

巨大な魔物の身体に重なるようにして亡霊のように透き通った女性の身体が浮かび上がった。悲し気に伏せられた睫毛越しの瞳がリヴァイアサンを見つめる。

まるで意思が通じているかのように、同時にティアマトの三つの首が、リヴァイアサンとミスラのほうへと向いた。

ティアマトの瞳が光る。

辺りの風が、音を立てて唸り始める。

擦り硝子越しに見る如く、リヴァイアサンの身体が霞んだ。風の膜で覆われたのだと判る頃には海の守護者の喉から悲鳴が迸っていた。

リヴァイアサンの硬い鱗が弾け飛んだ。

見えない刃物で切られているかのように、次々と身体に傷が増えてゆく。鱗が剝がれ、皮膚が裂けた。飛び散った肉片が桟橋に降り注ぐが、それは落ちる端から消えてしまう。分霊である身体は星の力と切り離された途端に実体を失うからだ。

風精の群れに身体を切り刻まれ、リヴァイアサンの巨体が苦痛に身をよじる。身体は仮初のものでも精神はまた別である。

銃声が轟いた。

土の元素の属性に偏った銃弾がリヴァイアサンの身体を深く穿つ。

「やったぜ、おっちゃん！」

「まだだ！　おい、行け！」

「はい！」

隻眼の老兵の声に応じるかのように、桟橋を一人の少年が駆けだした。

遥かな高みから睨め付けてくるリヴァイアサンに向かって、彼は剣を振りあげる。

届くはずがない。

少年の背はヒューマンの平均であり、そこに剣の長さを足したとしても、身の丈の倍ほどまでにしか成らないのだ。だが——。少年の剣が元素の属性に応じた魔力光を帯びると、剣身を包むその光は天へと向かって駆け上がる。

「いやあああああ！」

裂帛の気合の声と共に少年が剣を振り下ろした。

絶叫をあげたのはリヴァイアサンのほうだ。

青い強固な鱗を魔力光に輝く刃が切り裂き、次の瞬間、召喚された身体は光の塵となって空へと還った。

その直後。

操舵士の若い男の放った炎の銃弾がミスラの身体を構成する最も大きな歯車を砕いた。

歯車がいびつな音を立てて回ることを止め、リヴァイアサンの後を追うように、全身を機械の鎧で覆われた星晶獣も姿を消した。

「もはや、ただの星晶獣では相手になりませんか……やはり、《マリス》を使います。準備を始めるように伝えなさい」

己の呼び出した二体の星晶獣が消えるのを見て、帝国宰相が傍らの部下に告げた。

部下は、声を震わせ、怯えた顔つきになって「わ、判りました」と返した。

「待て！　このまま貴様を逃がすと――」

「宰相閣下を護れ！」

黒い鎧の騎士の前を、帝国兵たちが塞ぐ。

「どけ！　雑魚共が！」

細い身体に見合わぬ力強い剣捌きで押し寄せる帝国兵たちを片端から倒してゆくが、彼女が囲みを破った頃には、既に帝国宰相は姿を消していた。

宰相の冷たい瞳が、最後まで見ていたのは、己の懐刀だったはずの相談役の黒の騎士ではなく、青い髪の少女だった。

6

「港の損害は甚大です……」

リーシャが唇を嚙みしめる。

リヴァイアサンによって破壊された桟橋は中ほどで折れてしまっている。とてもではないが使いものにならない。

グランサイファーも第二港への移動を余儀なくされていた。

さらにリーシャは、動ける団員を指揮して《秩序の騎空団》の駐屯所を再編成しなければならないという。

今も彼女の元には団員たちがひっきりなしに詰めかけて指示を仰いでいる。

これ以上は彼女の助けを借りるわけにはいかないだろう。

宰相フリーシアの姿はルーマシーの森のなかへと消えてしまった。

十重二十重に彼女を護る帝国兵たちに阻まれ、僕たちは追うことができなかったんだ。

「雑魚でも壁くらいにはなるということか……」

「きっと最初から、そのつもりで連れてきていたのでしょうね」

唇を噛む黒騎士に対してロゼッタが慰めるかのように言った。

兵士たちは、僕らを倒すことまでは諦めたようで、宰相を護ることを優先させていた。護りに徹されてしまうと、圧倒的な数の差を埋めることは難しい。

ラカムが僕を見る。

「どうする？　この先、退くか、進むか」

「あいつが、このまま大人しく、ルリアを諦めてくれるとは思えねーぜ！」

「僕もそう思います」

ビィが言って、僕も頷いた。

「まったくだな……。それに逃げていては人形を取り戻せない」

黒騎士は宰相を逃がしたことが悔しいのか、剣呑な目つきを隠しもしない。

カタリナが冷静に指摘する。

「しかし、どうやって後を追う？　もう宰相殿の姿は……」

騎空艇港の桟橋から、戦いの場はルーマシーの森の入り口にまで移っていた。

僕たちの視界を塞ぐように壁となっていた帝国兵たちの姿は今はもうなかったが、そこから先の森のなかは、木々と蔦に覆われていて見通しも利かず、宰相の行方を追うことは不可能に思えたんだ。

「ロゼッタ、君は森で起こることは何でも判ると言っていたな」

「ええ。でも今回は無理ね」

カタリナの問いかけにロゼッタはあっさりと言い返した。

「事象は、より大きな事象の前には隠れてしまうものなの」

「……つまり、フリーシアの居る場所は大勢の帝国兵たちの動きによって隠されてしまうということか？」

「それと、魔晶の力によって、ね。あれは星の力に似た力を蓄えているから……ただ、森の奥であることは間違いないわ。かつての星の民の遺跡――その辺りでしょうね」

「だが……それだけでは、ルーマシーは広すぎるぞ」

「あの……」

ルリアが口を挟んだ。

「さっきから、すごく強い力を感じるんです……この森の、もっと奥に……」

ルリアがすっと森の奥を指差しながら言った。

「星晶獣か？」

黒騎士が問いかけた。

「はい。たぶん……」

「ユグドラシル、か?」

カタリナがぽつりと言って、僕たちははっとなった。

ルーマシー群島の守護星晶獣であるユグドラシルに僕たちはかつて会った。そのとき、あの星晶獣はオルキスに星の力を奪い取られたのだ。暴走したユグドラシルはもう少しでルーマシー群島の森を滅ぼしてしまうところだった。

僕たち、というかルリアがユグドラシルを鎮めることに成功したおかげで、森も島もなんとか生き残った。

「今のあの子にはそこまでの力はないわ」

ロゼッタが言った。

「ルリアが感じている気配はユグドラシルのものではないと?」

カタリナがロゼッタに問いかけ、ロゼッタは「ええ」と頷いた。

きっぱりと言い切ったロゼッタの言葉を、僕たちは不思議と受け入れることができた。

そういえば、ロゼッタもまたルリアと同じように星晶獣を「あの子」と呼ぶのだ、と今さらながらに僕は気づいた。

「では、なんだ?」

カタリナが森の奥を睨みつけながら言った。

「判らないが、おそらくはあの女の目的と絡んだ何かだろう。そして、ルリアが感じ取っているのだから、星晶獣のものと見て間違いない。だからこそ私の人形を連れて行ったのだ」

黒騎士が言った。

「けどよぉ」

ビィが首を捻る。

「この島に、頭にリボンみたいな葉っぱを付けたあのねーちゃん以外がいるってーのか？」

「葉っぱって……、あのね。そんな言い方ないでしょ！　まったく、これだからトカゲは……」

イオが妙なところで反論している。

「オイラはトカゲじゃねー！」

「じゃあ、何なのよ？」

「え？」

イオに真顔で問われて、思わずビィが固まったが、今はそんな問答をしている場合じゃないってば。

「それにありゃあ実体じゃねえんだろ？」

ラカムが言った。樹木の星晶獣であるユグドラシルと重なるように現れた少女の姿のことだ。

星晶獣のなかには、本体の姿の他に、人の姿をとるものがいる。それは星晶獣ティアマトと出会ったときに知ったことだ。ルリア自身は覚えていないらしいが、彼女の語った言葉によると『対人接触用の思念投影像（しねんとうえいぞう）』らしい。

つまり僕たち（そもそもは星の民のことだろう）と対話ができるように星晶獣に与えられた姿だった。女の子扱いしているけれど、性別に意味があるかどうかは謎だ。

「必ずしもそうではないわ。『彼』を覚えているでしょう？」

彼、と、そう言われただけで僕たちは判ってしまう。星晶獣でありながら、人の姿で空を旅していた彼——艇造りの星晶獣ノア。ノアは最初から最後まで人の姿をしていたし、映像などではなかった。

「確かに、な……」

ラカムが一瞬だけ遠い目をした。思い出しているのだろう。

「しかしそうなると、一つの島に二体以上の星晶獣がいるということになるぞ」

「おかしくはないぜ。ガロンゾだってそうだったからな」

ラカムに反論されてカタリナが唸った。確かに、とつぶやく。

「行ってみれば判るんじゃない？」

イオが明るく言った。

「だな」

オイゲンも賛成する。肩に自分の長銃を背負い直した。

僕たちは森の奥を見つめる。

「案内はできると思うわ。この奥にある星の民の遺跡なら場所は判るもの」

ロゼッタが言った。

「よし、行こう！」

リーシャを残し、僕たちは宰相フリーシアを追ってルーマシーの森に足を踏み入れた。

7

「気配はまだ感じるか、ルリア」

「はい」

時折り目を瞑り、探るかのように両手を前に伸ばしてルリアは星晶獣のものらしき力を全身で感じ取ろうとする。指先から青い髪の一本に至るまで彼女は感覚の触手を伸ばしているように見えた。時折り、風もないのに髪がふわりと浮き上がっては落ちている。

「……こっちです」

ルリアが感じるという気配を頼りに僕たちは森のなかを進んだ。

指差す方角にまっすぐ進めたことはなく、大きな街道などもないので、獣道かと見紛うような道を歩むことになった。それでもルーマシーの森の魔女ロゼッタがいるおかげで、僕たちは比較的楽に後を追うことができたと思う。

ただ、帝国兵たちとは出会わなかったので、撤退した彼らと同じ道を歩いていないことは確実で、それが少し不安ではあった。

日差しが傾き、薄暗い森のなかがますます暗くなってきた頃。僕たちの前に、岩を組み合わせて作られたような巨大な人形が現れた。

ゴーレムだ。

問答無用で襲いかかってくる。

倒したときには次のゴーレムが出てきて、そこから先は何度も戦うことになった。

「なんで、こんなに……」

魔法を撃ち続けて疲労の色を顔に浮かべたイオがぼやく。

「愚問だな。星の民に居留地を提供していたのはエルステ王国だ。防衛に自国で作られたゴーレムを使うのは、至極まっとうなことだろう」

おまえは私の話を聞いてなかったのかと黒騎士が言った。

「むぅぅ！　そ、それはわかってるけど！」

イオが口を尖らせた。

そのやりとりを聞いて、ふと僕は思いつく。

「僕たちを襲ってきてるゴーレムは宰相のいる古代遺跡にあったもの、ということですか？」

「間違いない。居留していた星の民は数を減らしたために島を出ざるを得なくなったが、そのときにゴーレムまで持ち出す必要を感じなかったのだろう。ゴーレムは当時のエルステ王国内には腐るほどいたからな」

それに、と黒騎士は続ける。

「必ずしも私たちを狙って、というわけではない。近づくものを撃退するよう仕込まれているだけだ。むしろ私たちを、ゴーレムで止めることができるなどと思ってはいまい。七曜の騎士をゴーレム如きが止めるなど不可能だ」

すごい自信だった。

「エルステ王国最大の兵器を『如き』ねえ」

ラカムが呆れ口調で言った。

「事実だ。それに。その傲り故、星晶獣の出現によって王国はその地位を追われることになったのだ」

僕たちは黙ってしまった。

王国の遠い過去に思いを馳せる。栄枯盛衰とは言うけれど……。

ゴーレムの製造によってファータ・グランデにその名を響かせたエルステ王国は、星の民の侵略と、彼らが持ち込んだ星晶獣の登場によって覇権を失った。

ゴーレム産業は衰退し、一王国でしかなくなったエルステは、空の民を裏切るかのように侵略者である星の民と手を結び、星晶獣のもつ星の力を手に入れようと謀る。

ところが――世は移り、権力の座もまた移ろう。

その頃には、もう侵略者たる星の民は、空の民の反抗によりファータ・グランデの空から追われ、消えつつあったわけだ。

最後まで残っていたのはルーマシーの森に隠れていたわずかな星の民だけで、その彼らも数を減らしすぎたためにエルステの旧王都メフォラシュに逃れた。

落ち延びた星の民の一人の男と、エルステの女王が結婚し、オルキスが生まれた。

　しかし、十年前、星晶獣絡みの事故が起きて、女王とその夫は亡くなり、王女オルキスは魂を失った。

　王国は終わり帝国となった。

　歴史の皮肉というにはあまりにも残酷だ。

　エルステ王国は、星の民の襲来以降に打った手が全て裏目に出ている……。

「あ、でも……ってことは、前に来たときオルキスが懐かしい匂いがする、って言ってたのはゴーレムがいたから？」

「そういや、オルキスちゃん、そんなことも言ってたよな。自分とこの名産品だったからってことか」

　ラカムが言った。

「あの人形がそんなことを？」

「ああ。間違いねえ」

　オイゲンの言葉を黒騎士は無視するかと思ったのだけど……。

「そうか。人形がそんなことを……」

「おうい！　こっちに川があるぜー！」

　僕たちの前を先行して偵察してくれているビィがそんなことを叫びながら戻ってきた。

思索を破られ、黒騎士が顔をあげる。端正なその顔に、思い悩むような影はもう消えていた。

少し歩いただけで小川にあたった。

ぎりぎり飛び越せそうな細い川で、両岸にわずかな川原がある。

カタリナが辺りを見回し、危険がないことを確認してから言う。

「ちょうどいい。ここで少し休憩するとしよう」

「馬鹿な。そんな余裕はない。休みたければ休むがいい。私は先に行かせてもらう」

「構わないが、ルリアの探知も、ロゼッタの案内も無しに辿(たど)りつけるのか？」

カタリナが冷静に指摘する。

確かに島にいる魔物もゴーレムも黒騎士の敵ではないかも知れない。だが、道に迷うかどうかは強さには関係ない。

「む……」

黒騎士が黙った。

「あのっ、私もまだ——」

大丈夫です、と言いかけたルリアの肩を引いて僕は止める。ちらりとイオに視線を送ると、ルリアも口を閉じた。理解してくれたようだ。

イオは川原にへたり込んで荒い息をついていた。

大人びた言動から勘違いしそうになるが、見た目が幼いだけのハーヴィンではなく、イオは本当に子どもなのだ。しかも、ゴーレムが現れてからは大きな魔法を連発している。疲労していることは確かで、ここでいくらかでも休憩を取らせるべきだった。

「あ、ごめん。すぐ立つから」

そう言って立ち上がろうとするイオをロゼッタは肩を摑んで座らせた。

「ちょっと休むってカタリナも言ってるわ」

「でも……」

「いいから。はい、お水」

革袋を取り出して――ロゼッタの服って、いったいどこにあれだけの物を仕舞っておけるんだろう――イオに渡して飲ませた。

「おいしい……」

「水をちゃんと飲まないと身体を壊してしまうわ」

「うん」

「頑張ることと無理をすることは違うのだから、ね？」

ロゼッタの声が優しい。

「でも――」

イオが顔をあげた。顔がくしゃりと歪む。

「あたしだってルリアとおんなじだよ。オルキスを助けたいの！　なのに……」

「ほらほら。魔法使いが笑顔を忘れちゃダメでしょ。ねぇ、イオちゃん……」

僕たちは思い思いに川原に散らばって休憩していた。イオの方ばかり見ていたら、それこそイオが気にしてしまう。オイゲンとラカムは川原の大きな石に腰掛けて、それぞれの銃を調整していたし、カタリナはビィを眺めてはニコニコしていた。ビィがそんなカタリナに怯えて、ルリアの背中に隠れた。そういえば、ああ見えてカタリナは小さなものとか可愛いものが好きだと言ってたっけ。

みなイオの方を見ないようにしていたけれど、みなイオの事を気にしていたと思う。

黒騎士だけは休むでもなく、ただ森の奥を透かし見るかのように睨んでいた。

「アタシたちは騎空団でしょ？」

ロゼッタが言った。

突然の言葉にイオが首を傾げる。

「う……ん、そうだよ。そうだけど？」

「そもそも、騎空士が集まって団を作るのはどうしてだと思う？」

「……え？　それは……だって」

ロゼッタの言葉が聞こえて、僕は僕なりに思い返していた。そういえば、僕たちはどうして同じ団になったんだろう。

大きな理由があった訳じゃない。

そう、初めは単純に旅をする為に騎空艇と操舵士が必要だったからだ。僕たち――僕もルリアもカタリナも騎空艇を操縦することはできない。もちろんビィも。それで操舵士であるラカムとグランサイファーを求めた。

その後、イオが加わり、オイゲンが加わり、いつの間にかロゼッタが乗っていて、僕たちはそれなりに騎空団らしくなっていた。

「どんな騎空士も、全てを独りでやることなんてできないわ」

ロゼッタがそう言ったとき、僕もまた内心で深く頷いていた。

初めからそうだった。

僕はラカムのように騎空艇を飛ばすことなどできないし、イオのように機械の技術に通じているわけでもない。もちろん魔法も使えない。使うには、それなりの修行がいるのだ。カタリナの剣の腕前には及ばないし、オイゲンのような歴戦の経験もない。

「でも、だからこそ、アタシたちは一つのチームを作るの。足りない所を補い合い、みんなで困難を乗り越え、請け負った依頼を達成するために……」

「う、うん」

「確かにイオちゃんはまだ若いわ。体力だって足りない。アタシたちと同じように動くのは難しいと思うの」

「で、でも！」

「でも、ね。イオちゃんにはイオちゃんにしかできないことがあるの。それはきっと他の誰かじゃできないことで、いつかそれが必要になるときがくる」

「あたしにしか……？」

「そうよ。だから、できないことがあってもいいの。その代わりに自分にしかできないことをすべきときが来たら……そのときは頑張って頂戴ね」

そう言いながら微笑むと、イオもようやく笑顔になった。

8

休息を終えると、僕たちはふたたび森のなかを歩いた。

星の民の遺跡があるという場所に近づいていることは明らかで、その証拠に、僕たちの行く手を阻もうとするゴーレムの数は増える一方だった。

それでも、ゴーレムでは僕たちの歩みを止めることはできない。

特に黒騎士のまるで鬼神を思わせる苛烈な攻撃は充分に破壊的で、彼女の剣の一撃は頑健なはずのゴーレムの腕を断ち、首を刎ねることさえできた。

「なんか見えてきたぜー！」

梢よりも高く浮かび上がったビィから声が降ってくる。

そのまま急降下してくると、僕たちの頭上で静止した。

「なんかって、なによ？」

イオがそれじゃ判んないわよと口を尖らせる。

「でっかい石の建物みたいなやつ……だと思う。屋根がこんな風に尖ってたぜ」

小さな手で三角形を作ってみせた。

「遺跡、か」

「ようやく辿りついたってぇわけだな」

オイゲンが言った。

「んじゃ、ちゃっちゃと行って、さっさとオルキスちゃんを助けようぜ」

ラカムの軽い言葉にカタリナが一瞬だけ苦笑いを浮かべる。だが、かつてのようにそれを厳しく咎めたりはしなかった。もう判っているのだ。

「行っくわよー！」

イオが杖を振り回した。

すっかり元気になっている。

僕たちは歩みを再開しようとして——振り返った。

黒騎士がぽつんと一人、動きを止めていた。

「どうしたってんだ？　まさか疲れちまったってのか？」

ビィがそう訊いたけれど、まさかと僕たちは思っていた。

「いや、違う……話しておきたいことがある」

「話……？　今ここでなければいけないのか？」

カタリナがそう尋ねたのも無理もない。

「そうだ……私の目的……そして計画の全てを、お前たちに知っておいてもらいたい」

なぜ、今、と思わないでもなかった。

ビィの偵察によれば、もう半刻も歩けば、星の民の残した遺跡に辿りつけそうなのだ。

そこにはゴーレムはもちろん帝国兵たちも待ち構えているだろう。つまり、今よりもさらに激しい戦いになる。

確かにそうなってからでは話している余裕などないかもしれないし、最悪、僕たちの旅はそこで終わるかもしれない。

だから……だろうか？

僕たちは訝しみつつも、黒騎士の言葉を待ったんだ。

「私の目的が、オルキスを元に戻すことであることは以前も話した通りだが……」

黒騎士がちらりと僕のほう、というか、僕の隣にいるルリアを見た。

「はい……そう言っていました。オルキスちゃんは昔は今と違う性格だったと……魂が失われてしまった、と」

「そうだ。オルキスの魂は失われた。失われた魂を元に戻すには……」

「星の力がいるんですよね……私が星晶獣から吸収した、この力が……」

胸元を押さえながらルリアが言った。

そこでカタリナが会話に割って入る。

「少し待ってほしい。だが、ルリアの力を解放すると言っても、どうやって行うつもりだ？　それに……貴殿が、オルキス自身にも星の力を吸収させていたのは何故だ？」

カタリナの問いかけに黒騎士はわずかに顔を歪めた。苦しそうな顔をする。その表情は一瞬で消えたが、僕には見えていた。

「人形も必要なのだ。結論から言えば……私の計画は人形とルリアの両方を犠牲にすることになる」

僕たちは一斉に息を呑む。

「なんだと！」

カタリナも思わず声を荒らげた。

黒騎士がルリアから視線を僕へと移す。

「お前は感じているはずだ、グラン。お前のなかにルリアがいることを」

今度は僕がはっとなってしまう。

「ルリアの魂を分け与えられたお前には、ルリアの人格が投射されている」

「な、なに言ってんだ？　グランはグランだろ。どこも変わったように見えねーぜ！」

ビィが言った。

「そういう意味ではない。ルリアの特殊能力である魂の分割は、それ自体が本質ではないのだ。本質は人格の投射にある」

「人格の投射……？」

「そうだ。グラン、貴様のなかには既に『グラン』という人格が存在していた。だから、ルリアの魂を分け与えられても人格がさほど変わったように見えないだけだ。おそらくは、魂の与えられた量もさほど多くはなかった。実際には半分もないはずだ」

「確かに……僕のなかにルリアがいるように感じられる時があります」

「そうなんですか？　グラン」

「うん」

僕はルリアに向かって頷いた。今までにも何となくルリアの考えていることが判るような気がしたし、それで随分と助けられてもきた。

黒騎士に問いかける。

「つまり、ルリアは魂を分割することができて、その際に自分の人格を相手に投射できるっていうことですか？」

「『自分の』ではない。『設定された人格の』だ。だから、ルリアの魂に新たな人格を設定しておけば、その人格を相手に投射できる」

正直、黒騎士のその言葉にはむっとしてしまった。

設定――とか。まるでルリアを、一つの役割を果たすだけの機械みたいな言い方をするなって。

黒騎士は僕の怒りに気づかなかった。もしくは気づかないふりをして話を続けた。

でも……。

黒騎士の言葉が正しいとして、どうしてルリアにはそんな能力があるんだろう?

そう考えたとき、ふと僕の心を過ぎったのは、星晶獣と、彼らとともにしばしば姿を現す人の姿だった。『対人接触用の思念投影像』——星の民が星晶獣と意思を伝え合うために作り上げたという虚像の存在だ。

ティアマト、ユグドラシル……彼らの投影像は異なる女性の姿をしており、それぞれに個性があるような気がした。

力ある存在ではあるものの、獣や森の精でしかなかった彼らに、いつああいう人格が生まれたのだろう。

シュヴァリエ、セレスト、ミスラやノアのように、世界の理が実体化したとされる星晶獣に至っては、僕たちと同じような生き物でさえなかったはずだ。

しかも、艇造りの星晶獣ノアは、本体そのものが実体ある人の形をしており、僕らと変わらない人格を持っていた。

ということは……。

「つまり、こういうことだ——」

僕の思考は黒騎士の言葉で中断されてしまう。

「ルリアのなかにオルキスの人格を設定し、それをあの人形に投射すれば——」

「……昔のオルキスの人格が蘇る……というわけか」

　カタリナが唸るように言った。

「ちょ、ちょっと待てって。おい。んなの、おかしいだろ。そもそもオルキスちゃんの人格を設定するとか、意味判んねえって！」

「ラカム、話を聞いてなかったのか？」

「聞いてて言ってんだよ！　どうやってやるんだ、そんなの！」

「星の力を使えばできる――それがフリーシアの研究結果だ」

　黒騎士が言った。

「なっ！」

「あの女は言った。『貴女ならば、かつてのオルキス様の人格を余すところなく記憶していますし、再構築できるはずです』と。ああ。私は覚えているとも。彼女の笑顔も、話し方も、首を傾げてこちらを見上げる眼差しも！　振る舞いの全ては色褪せることなく覚えている……今もなお」

　だから苦しいのだ、黒騎士は。

　黒騎士の計画の一端は明らかになった。

　だが――まだ話していないことがある。

彼女は言ったのだ。自分の計画は人形とルリアを犠牲にする、と。

「そのとき、ルリアはどうなるんですか？　あなたがかつてのオルキスの人格をルリアのなかに再構築しようとしたら……どうなるんですか？」

僕は問いかけた。

答えは予想していたとおりで……。

「今のルリアは消える」

っ！

「ちょ、ちょっと待ってよ！　ルリアが消えちゃうって！　なに言ってんのよ！」

「もう一つ、聞きたいことがあります」

イオの焦りを横に、僕は声を低めて訊いた。

「言ってみろ」

「僕に魂を与えたときも、ルリアの人格は投射されているんですよね？　でも、僕は未だに僕自身のままだ。ということは、たとえ、過去のオルキスの人格を今のオルキスに投射したとしても、今のオルキスの人格は残るのでは？」

「あれは人形だ。人格などない」

黒騎士がきっぱりと言った。

全員がふたたび息を呑む。

「おい、そりゃあちっと……アポロよぉ」

「その名で呼ぶなと言ったはずだな？」

ぎろりと睨まれ、オイゲンが口をつぐんだ。

「もしかして、そのためなのかオルキスに星の力を集めさせているのは……」

カタリナが呆然（ぼうぜん）としていた。

「人形に蓄えた星の力を解放し、人形を十年前の魂が壊れた状態にまで巻き戻す。その上で、ルリアのなかに設定された過去のオルキスの人格を投射する。これが私が十年に亘（わた）って描いてきた計画だ」

――十年……ずっと、そんなことを考えていたというのか。傍らにあのオルキスを連れ歩きながら。

これは人形だ――そう自らに言い聞かせながら。

「黒騎士、貴殿は自分が何を言っているのか判っているのか。それは過去のオルキスを蘇らせるために、ルリアと今のオルキスと、二人の少女を破滅させるということだぞ！そんなことが許されるわけないだろう！」

「許される、許されない、という問題ではない。魂を失い、表情一つ永遠に変わることの無くなった人形に、かつての笑顔を取り戻すには、エルステの民が望む王女、オルキスを取り戻すには……もはやこれしか方法がないのだ」

「んなことして、喜ぶのかねえ、エルステのみなさんは」

飄々とした態度を崩さず、少しだけ皮肉げにラカムが言った。

「喜ばねえよ……」

オイゲンがぼそりと口にする。

「おっさん……」

「喜ぶはずがねえ。アポロ、おまえだって見たはずだ。あの街の婆さんはもうオルキスも、あの子の両親がいないことも、受け入れてたじゃねえか。あの人たちは過去にしがみついちゃいなかった。しかも、自分たちだって痛えだろうに、あの婆さんはアポロ、お前のことばかり心配してたろ」

ぽつぽつと語るオイゲンの言葉はだが黒騎士を苛立たせただけのようだった。

「だから諦めろ、と？　妻を見捨てて殺した男らしい言い訳だな。貴様の中ではもう彼女は居ない存在なのだろうな」

「っ！　……ああ、いや、そうだな。……オレに言えるわけがねえか……」

言葉はしりすぼみに小さくなり、オイゲンは黙った。

一瞬だけ、彼の隻眼は此処ではない何処かを見ているような目つきになり……唇を噛むと視線を地面に落とした。

「私はフリーシアから人形を取り戻すつもりだ。それまではお前たちと利害が一致するから共闘もしよう。しかし、あの人形が我が手に戻ってきた時点で私はお前たちの敵になる。どれだけ非情と罵られようと、私はオルキスを取り戻す！」

黒騎士はそれだけ言うと、僕たちを追い越し先頭に立って歩き出した。

「アポロニアさん……」

黒騎士の背中に向かってルリアが言葉を掛ける。

「オルキスちゃんは、私と同じように自分のことを何も知らないことに悩んでて……きっとこれから、もっと仲良くなれるって……私はそう思ったんです」

応えが返ってこなくとも言葉をぶつけていた。

「だから、絶対助けるんです。また一緒にお喋りするために。特別なことなんてなくていいから、一緒に笑って、一緒にご飯を食べて……そうやって仲良くなりたいから、オルキスちゃんと──あのオルキスちゃんと友だちでいたいから、だから──」

ルリアが最初に背中を追いかけた。

僕は周りを見回して、縁あって同じ騎空団となった仲間たちに順に視線を合わせる。

た。
　ルリアの言葉を邪魔しないように口は開かなかったけれど、目でみなに語りかけてい
　カタリナが、ラカムが、イオが、オイゲンが、ロゼッタが、もちろんビィが。
　順に頷きを返してきた。
　それを見てから、僕もまた背中を追いかける。
「私、諦めません！」
　ルリアに追いつき、その手を握った。本当に僕とルリアの間に魂の絆があるのならば
この手を通して気持ちが伝わってくれるといいなと思う。
「オルキスちゃんを絶対に助けるんです！」
　僕たちの後ろを追いかけてくる仲間たちの足音を聞きながら、僕もルリアと同じ誓い
を立てる。
　そうだ。絶対に助ける！　オルキスを助けたい、というだけじゃない。僕は、ルリア
に、これ以上の悲しい顔なんてさせたくなかったんだ。
　森が切れ、崩れかけた太古の神殿が姿を現した。

第2章　黒き謀略

1

古代の神殿は朽ちかけており、僕らが辿りついたとき、入り口付近には人の気配さえなかった。

「荒れ果ててやがんなあ」

ラカムが言った。

「仕方がないわ。時の流れには、なにものも勝つことはできないもの」

ロゼッタが静かな口調で諭した。まるで時の流れに負けてゆく建物を実際にその目で見てきたかのよう。

「この遺跡の記録はエルステには残っていなかった。いや……あっても、あの女が隠していた可能性もある、か……」

黒騎士の言葉にカタリナが頷く。

「メフォラシュの王宮をもう少しゆっくり調べられればな……」

「そんな余裕があったか？」

「そうだな……」

左右に太い石柱が立つ神殿の入り口まで僕たちは階段を昇る。

建物のなかへと入ると、日差しが和らぎ、高い処にある窓から注ぎ込む微かな日の光だけになった。

見えている通路の奥には黒々とした闇がわだかまっているけれど、僕たちの行く手を阻む影はとりあえず見えない。

だが、何かが待っている気配だけはあった。

ビィが少し怯えを忍ばせた声で問いかける。

「こ、ここで間違いないんだよな？　ルリア」

「はい。この奥から強い力が……」

そこでルリアの表情に戸惑いが浮かぶ。

「あれ？　何か……一つ……じゃない？　もう一つ……？　けど、何か変です」

「ふん……どうせ、あの女の用意した魔晶の類だろう」

黒騎士はそう言って切って捨てたが、ルリアは納得のいかない表情をしている。

これは……気をつけた方が良いかもしれない。宰相が何事かを企んでいる様子だったのは間違いないのだから。

ルリアが感知したもう一つの強い力。果たしてそれは……。

建物の壁は所々で剝がれ落ち、柱が折れている部屋もあった。そういう部屋は支えを失って天井が落ちてしまい、空が見えていた。

そろそろ青い空に夕映えの気配が漂っている。

中途に吹き抜けになった庭園があり、星の民が去ってからの歳月の長さを物語るように、緑の草や蔦が大繁殖して溢れ出していた。蔦が周りの壁を這い上り、蔓は柱に巻きつき、草が庭を越えて通路の石の床まで覆っている。

このままでは神殿そのものも、いつか樹海に呑み込まれそうだ。

傾いた日差しがわずかに差し込むその屋内庭園の、さらに向こうから強い力を感じるとルリアが言った。

「ああ。凄まじいな、ここまで来ると俺でも判るぜ」

「ヒリヒリと、嫌な感覚がまとわりつくな……」

ラカムもカタリナも明らかに口数を少なくして警戒している。

「何かが、います。目覚めようとしているみたい……」

ルリアの表情が変わった。

「っ！　こんな……こんなの、絶対に目覚めさせちゃいけない。宰相さんは、いったい、何を目覚めさせようとしてるんですか⁉」

その言葉がルリアから漏れたことが僕には驚きだったんだ。どんな星晶獣をも「あの子」と親しみを込めて呼ぶルリアが、ここまで強い抑止の言葉を口にするなんて。

「おいでなすったぜぇ！」

オイゲンが叫んだ。

中庭になっている庭園の向こう、さらに奥へと続く通路の陰から帝国の兵士たちが現れ、整然と隊列を組んで立ちはだかった。

「はっはあ！　こりゃまた大層なお出迎えだなぁ、おい」

オイゲンが笑った。

「けどよ、これでこいつらの先に、あの姉さんがいるってのは確実なわけだ！」

そう言いながらラカムは突撃してくる兵士たちに向かって銃を構える。

乱戦になると銃のような長距離向きの武器は逆に使いづらい。だから、オイゲンとラカムは帝国兵との距離がまだ開いているうちに撃ち始めた。

当然向こうも考えることは同じで、僕たちのほうにも銃弾が飛んでくる。

「進め！　進んじまえ！　動いてる的になんざ、そう簡単に当たりゃしねえ！」

ラカムが手を振って促した。

僕とカタリナ、もちろん黒騎士も銃弾の雨の飛び交うなかを前へと進む。

後ろから撃たれること（フレンドリーファイア）は無いと確信している。

そして、ラカムの言う通りで、走る僕たちに早々弾が当たることはなかった。

それでも、元素の属性の力や魔法を利用することで銃弾の命中率を高めることは可能だし、帝国兵たちは数で優（まさ）っているから、いつかは当たることになる。

実際、当たった。

ただ、銃弾が僕たちの身体（からだ）に当たった瞬間、青い輝きが散って、衝撃は吸収され、致命傷（ちめいしょう）を負うことはなかった。カタリナの《光の壁（ライトウォール）》のおかげだ。

これもまた向こうも同じだ。

銃が発達しても、剣の時代が終わらない理由がここにある。

魔法や属性の力は単純な武器の力による優劣を時としてひっくり返してしまう。

庭園の終わり、通廊の始まる手前に陣取る帝国兵たちまであと――三十歩。

通常なら、まだ剣の届く距離ではないが――。

「行きます！」

僕は自らの握りしめていた剣――《アルマス》に宿る水の属性の力を、垣根（かきね）のように立ちはだかる帝国兵たちに向かって解放する。

《雨嵐の刃（テンペスト・ブレード）》！

剣から解き放たれた水の元素の力が辺りの風を巻き込んで膨れ上がり、渦巻となって帝国兵たちを薙ぎ飛ばした。

「続こう！」

カタリナが愛剣《ルカ・ルサ》を振るうと、青い氷の刃が剣の軌跡をなぞるようにして現れた。

カタリナの奥義、《氷の爪》だ。

さらに、黒騎士が吼える。

「我が歩み、止められると思うな……！」

《黒鳳刃・月影》！

黒騎士が振るった剣は、十歩まで詰めていた距離を一瞬で飛び越えて、帝国兵たちを切り裂いた。

僕たちの放った剣の技はいずれも元素の属性の力を利用するもので、それらは大気中で互いに干渉しあい、あるいは反発し、あるいは引き合って、大きな力の場を形成するのだった。

力場が解放され、干渉しあった奥義の力が倍する嵐となって帝国兵たちを打ち倒す。

悲鳴と怒号が飛び交う。

次の瞬間——接敵した。

目の前に現れた帝国兵の鎧へと剣を叩き込む。切り裂くことはできなくとも、衝撃で相手をよろめかせることくらいはできる。剣は鉄の塊なのだから。体勢を崩しながらも反撃してくる帝国兵の剣は身体を捻って避けた。

僕はもうそいつには構わず次の相手の懐へと飛び込んでいた。そうすることで、反撃しようにも同士討ちが怖くてできなくなる。

目的はオルキスの救出だ。帝国兵を倒すことではなかった。

「いいぞ、グラン！　その調子だ！」

カタリナが褒めるが、そんなカタリナは二人の敵を同時に相手して互角に戦っているのだから、まだまだ上には上があると自分でも思う。

「竜だ！」

帝国兵が庭園の空を見上げて指さした。

黄昏色に染まりつつある空を背景に、黒々とした鱗で覆われた竜が、赤い拘束具を引き千切って現れる。

咆哮とともに帝国兵たちに向かって衝撃波を撒き散らした。

ルリアの呼び出した《原初のバハムート》だ。

竜の登場に畏怖し、思わず足を止めた帝国兵たちに、今度はイオの魔法が襲い掛かる。魔法によって生み出された嵐が一か所にまとまっていた帝国兵たちをまとめて叩き伏せた。

僕たちと帝国兵たちの力は、ほぼ互角だったと思う。

全空に知られた七曜の騎士である黒騎士は、ひとりで一軍を相手にできると言われるほどの実力者だし、カタリナはアルビオン士官学校の卒業生であって、帝国軍中尉にまで昇り詰めた人物だ。さらにラカムもオイゲンも腕前は決して彼女たちに引けをとらない。つまり、個の能力としては帝国の一兵卒では歯が立たない。

だが、帝国兵たちはとにかく数が多かった。そのため、戦いはある時点までは均衡していた。

ただし、彼らにはなくて僕らにだけある利点が二つ。

一つはルリアの呼び出す星晶獣。

もう一つがビィだ。

羽根の生えたトカゲにしか見えないと周りに始終からかわれているビィだが、こういう混戦のときに上空から状況を把握できる「目」の存在があることは大きい。

「おっちゃん、もうすこし右だぜ、右！　そっちにあいつら固まってるぞ！」

「おう、任せとけ！」

「ねぇ、次はどいつ⁉」

「奥の左の柱の向こうに隠れて撃ってきてるのがいるぜ！」

「隠れて？　そんなのは、こうなんだから！」

ビィが伝えると、イオはあろうことか柱に向かって魔法を放ち、神殿の柱を砕いて天井を落としてしまった。

当然ながら、下にいた兵士たちは逃げだす他はなかった。

「出てこい、フリーシア！」

黒騎士が叫ぶ。

僕たちの前にいる帝国兵たちはもはや十人を割っていた。

「ふっ……どうやら、ここまでのようですね……」

声とともに帝国兵たちが左右に割れた。

「ようこそ、星が驕りを奉りし地、《ミアプラキドゥス神殿》へ」

そう言いながら姿を現したのは帝国宰相フリーシアであり、その後ろにぬいぐるみを抱えたひとりの少女を伴っていた。少しくすんだ青い色の髪をもつ少女だ。唇を引き結び、何かを堪えるような表情をしていた。

「フリーシア……！」

「オルキスちゃん！」

2

「いやに余裕だな、フリーシア……だが、ここまでだ。私の人形を返してもらうぞ」

黒騎士の挑発を帝国宰相は嗤った。

口の端を歪めて蔑むような表情を浮かべる。

「くく……誰にものを言っているのです。元より、この者たちにあなたたちを止められるとは露ほどにも思っていません。その為にここまで引いたのです。元帝国最高顧問殿はどうやら戦略的撤退という言葉を知らない様子ですね」

「《マリス》……とやらが貴様の切り札か」

「ええ。《マリス》の用意は整いました」

宰相がそう告げた瞬間に彼女の周りの兵士たちがざわめいた。

怯えている——のか？

「お、お待ちください、宰相閣下！」

「これ以上、何を待てと？」

その言葉は優しげに唇に乗せられていて、それだけにより一層怖かった。

フリーシアは大きな結晶——《魔晶》を取り出した。

頭上に掲げ、叫ぶ。

「くく……目覚めよ、摂理を奪われし、偉大なる創世樹よ。いまここに顕現し、星の理、無情の摂理を以て、我が敵を滅ぼせ！」

まるで魔晶に向かって呼び掛けているようだった。

その瞬間、フリーシアの傍らにいたオルキスがぎゅっと目を瞑った。抱えているぬいぐるみをきつく抱きしめたのが見て取れる。

フリーシアの掲げていた《魔晶》が淡い紫の光を放ち始める。その光は次第に強く眩しくなってゆく。

「さぁ、目覚めなさい……《ユグドラシル・マリス》！」

目も眩むような光が《魔晶》から放たれた。

光はすぐに収まったが、そのとき同時にフリーシアの背後の闇の奥で禍々しい紫色の光が煌めいていたんだ。何かが現れた気配を感じた。そして——。

ずる……。

ずるる……。

と、床を巨大なものが這いまわるような音が近づいてくる。

先に悲鳴をあげたのは帝国兵たちのほうだった。

努めて冷静な顔を崩さない黒騎士さえも目を瞠(みは)ってしまう。

「なんだ……これは……」

「これぞ魔晶研究の究極！　ついに我々は星の獣すらも完全な支配下に置いたのです！」

フリーシアが叫んだ。


それは見上げるほどの大きさの、絡み合ってできた大木の根だった。

一本一本が腕の太さほどもある根。それが何十も、ひょっとしたら何百本も絡み合って巨大な根となっている。神殿の、どの柱よりも太い根だった。のたうつように蠢(うごめ)いていた。まるでアウギュステの海で見た蛸(たこ)か烏賊(いか)の腕のようにも見えてしまう。

しかも、一本、二本ではなかった。

暗闇の奥から何本も何本も、ずるずると床を這って伸びてくる。

「うわぁあ！」

帝国兵のひとりが胴を巻くように根に絡みつかれて恐怖の叫び声をあげる。宙に吊り上げられて手足をばたつかせた。その彼の眼前で、違う一本の根がゆらりと立ち上がり、先端がしゅるりと解けて五つに裂けた。

口だ！

おぞましいことに、ほどけた根の中央には獣の口内としか思えないような真っ赤な口が覗いている。棘がまるで牙のようにずらりと並んでいた。

こいつ――ただの植物じゃないのか⁉

ユグドラシル、と呼んだフリーシアの言葉を思い出す。

……ユグドラシル？　それは確か――。

「助けてくれええ！」

兵士を頭から喰らおうとするかのように根の先端が迫る。

銃声が轟いた。

オイゲンの持つ銃――《ドライゼン》だ。筒先からまだ煙があがっていた。

兵士の眼前に迫っていた口は牙にあたる棘の何本かを吹き飛ばされ、慌てたように引っ込んだ。

どさりと摑まっていた兵士が落ちる。立ち上がると、他の兵士たちに助けられながら逃げた。

その間にも、神殿の奥から次々と太い根が蠢きながら伸びてくる。

「あの子に、なんてことをしたの……！」

ロゼッタが叫んだ。

――あの子だって？

「こんな……声すら聞こえない。だけど……壊れそうになってる――」

ルリアが肩を震わせていた。

「――どうしてこんなことを！」

ルリアが怒っていた。

イイイイイイイン！

低く風の唸るような音が聞こえてきた。何か泣き声のようにも思える声。

「これが――これが我々の到達点です！　素晴らしい！」

フリーシアが狂気を含んだような声で嗤ったのだ。

「グラン！　見ろよ、あのねーちゃんだ！」

「ねぇ……ちゃん？」

目の良いビィは僕たちよりも少しだけ先に物事を知ることができる。

押し寄せる大木の根たちの中央に、こぶのように膨れ上がった部分があり、そこには絡み合う根に縛り付けられ、四肢を広げる少女の姿があった。

だが普通の少女ではない。

その少女は、ひとの何倍も大きいのだ。対人接触用の思念投影像……。

「あれは……ルーマシーの守護星晶獣、か⁉」

カタリナの言葉にみんなが思い出した。

以前にルーマシー群島を訪れたときロゼッタが教えてくれた。

『大地の星晶獣《ユグドラシル》。枯れかけていた森を救った大いなる星晶獣よ。ルーマシー群島の護り神……』

あのときは黒騎士が命令し、オルキスが、ユグドラシルから星の力を吸い上げようとしていた。眠っていたユグドラシルから星の力を無理やり絞り出そうとした結果、ユグドラシルは暴走を始めたのだった。

「フリーシア、貴様！」

「何を怒っているのです、元帝国最高顧問殿。この力を集めるときに貴女だって似たようなことをしたでしょうに」

「くっ……！」

「で、でも、あのときは確かルリアが……」

鎮めてくれたよな、とビィが言いかけて、ルリアが首を横に振った。

「さっきから呼びかけているんです。でも、前よりももっと酷い……。声も届かないんです。しかも壊れかけてる」

「壊れかけてる……って？」

イオが首を傾げ、ロゼッタが口を開いた。

「自我を失ってしまった状態ね。あの魔晶から無理やり力を注ぎ込まれてしまったから。今のあの子は宰相の思うとおりに動く兵器でしかないわ。そして、このままでは力を抑えきれずに自壊してしまう……」

「酷い……」

ルリアの瞳に涙の粒が浮かぶ。僕の心もぎゅっと締めつけられてしまう。

「おやおや。酷い？　機密の少女よ、それは私に言っているのですか、それとも黒騎士に？　元帝国最高顧問殿のしたことと、私の行為に大きな差などありません。ルリアよ、それなのにあなたは私を断罪し、その者を許すのですか？」

「――っ！」

ルリアの顔が血の気を失って白くなった。

確かに僕たちは黒騎士と行動を共にしている。彼女――アポロニアの過去を知ってしまった今となっては、僕たちは黒騎士を単に帝国の圧制の象徴と見ることができなくなっていた。

黒騎士は壊れてしまった親友の魂を元通りにするべく星の力が必要だと言っていた。その為にルリアの「星の力を操る能力」を利用しようとしたし、黒騎士が人形と呼ぶ今のオルキス自身が持っている似たような力を行使した。

結果、幾度となく浮き島の星晶獣たちを暴走させてきた。

それを簡単に肯定することはできない。けれど、簡単に断罪することもまたできなかった。

ならば、とフリーシアは言っているのだ。私に文句が言えるのか、と。

「元より許しなど求めていない」

黒騎士が言った。

「私には目的があり、その為ならばあらゆることを成すつもりでいた。フリーシアよ、貴様もそうだと言うならば、もはや語る言葉などない。これで決着をつけるまでだ」

そう言って、剣を構えた。

それが戦いの合図で、僕たちの敗北の始まりだったんだ。


ユグドラシル・マリスとの戦いが始まった。

3

「おいおいおい……勘弁してくれ」

呆然とした、そうつぶやいたのはラカムだ。

彼の銃が放った炎の弾丸は、ユグドラシル・マリスの硬い身体で弾かれてしまい、何の痛痒も与えなかった。少なくともそう見えた。

「くっ、以前に戦った星晶獣ユグドラシルとは、比べ物にならないな……」

カタリナも疲労の色が濃い。

ここまで帝国兵たちと散々戦った上での、この戦闘だ。しかも、カタリナの得意とするのは、水の元素の属性の力を利用することであり、属性から言っても、土の属性力を操るユグドラシル・マリスとは相性が悪い。これはイオも同じだ。

「また、来るぞ！」

オイゲンが警戒の声をあげる。

鞭のようにしなるユグドラシルの巨大な根が、石の床を這い、僕たちに向かって伸びてくる。

「きゃああ！」

棒立ちになって立ちすくんでいたイオを横っ飛びでラカムが抱えて転がった。

そのままゴロゴロと中庭を転がる。

直後にユグドラシルの根がたった今までイオの居た地面を叩いて跳ねた。並べられていた石が一瞬で砕けて破片を空へと跳ね上げた。

イオが助かってほっとしたのも束の間のことで、そのままユグドラシルの根は横薙ぎに払われて、僕たちを悉く弾き飛ばした。

鎧の上からとはいえ丸太ほどもある根だ。しかも、硬い。ぶつかった瞬間、息が止まって、さらに大地に叩きつけられた。

何度か転がって地面に顔から突っ込んでしまった。口のなかで泥の味がする。

「グラン！」

「ルリア！　怪我は――」

「私は大丈夫です！」

ルリアが駆け寄ってくる。彼女は巻き込まれなかったということか。それが果たしてユグドラシルの意思なのかどうか……。

「素晴らしい……星の力の模倣として始まった魔晶は、遂に原点たる星の力を超えた。あの憎き侵略者どもを超えた！」

「それが貴様の本心かフリーシア……」

立て膝をついていた黒騎士が身体を起こした。

「オルキスの父は星の民だった。貴様は上辺では彼らに忠誠を誓いながら、ずっとそう考えていたということか……彼らを侵略者だと」

「事実ですし、それは私の台詞です、アポロニア。貴女こそ、空の民でありながら、そのような世迷い言を。そう、この空の世界に於いては空の民こそが真に優れた存在なのです！　くくく……ははははッ！」

狂ったように嗤うフリーシアの元へ、帝国兵の隊長らしき男が駆け寄る。

「お、恐れながら申し上げます……先ほどの《マリス》の攻撃で、我が軍にも多数の負傷者が……」

ユグドラシル・マリスの攻撃は僕たちだけに向いていたわけじゃなかった。

むしろ、魔晶を掲げていたフリーシアと、おそらくは星晶獣を従える力を行使していたオルキスだけが例外で、周りの全てを巻き込んで辺り構わず破壊しようとしていた。

「それが？」

「は……？」

「それが、どうしたというのですか？　役立たずの有象無象など、いくら失おうと構うことはありません」

フリーシアが当然だろうという口調で言った。

帝国兵が絶句している。いや、帝国兵たちだけではない。彼らと先ほどまで戦っていた僕たちでさえ、言葉を失っていたんだ。

「……それが帝国の流儀か。私はそんなものに忠義を誓っていたというのか」

元帝国軍中尉であったカタリナが、ぎりっと歯を食いしばる。

視線を一瞬だけカタリナに注ぎ、フリーシアは言う。

「機会は与えました。帝国に無能は必要ありません」

「そんなことを言ってるんじゃない！」

僕は思わず叫んでいた。

フリーシアの瞳がようやく僕を見る。

「あなたにはあの顔が見えないのか！」

僕はユグドラシル・マリスを――四肢を根で縛り付けられているユグドラシルの投影像――もしかしたら実体なのかもしれないが――を指差した。

言葉を発することができない彼女だが、表情が雄弁に物語る。

激しい苦痛と――葛藤。

声が届かないとルリアは言った。

だが、恐らくユグドラシルには聞こえている。だから、先ほどの攻撃でもルリアだけは助かったのだろう。そして、ルリアの呼びかけに応えて、戦いをやめようとしている。

それを許さないのは、フリーシアの持つ魔晶の力だ。

「あなたが彼女の意思に反した行動をさせている――それが彼女にあんな表情をさせているんだ！」

「彼女？　見た目に騙されるとは愚かな。あれは星晶獣です。星の民によって作られた単なる兵器に過ぎない」

フリーシアの言葉に僕は拳を震わせる。憤る気持ちを抑えきれない。ただ、頭は逆に冴えていた。

「なんで、そんなことを言うんだ！　あいつ――ポンメルンも言った。フュリアスもだ。ルリアをまるで化け物のように扱っていた。彼女の心も知ろうともせず」

僕はユグドラシルを指差しながら言った。

「彼女も同じだ！　化け物でもなければ、兵器でもない。あなたの部下たちも！　彼らはみな心のある存在なんだ！　あんな顔をさせて良いはずがない！」

はっとなったのはフリーシアではなく、むしろ帝国兵たちのほうだった。

「力の裏付けなき言葉は無意味です。何も成し得ません。ユグドラシル・マリスよ、彼らの息の根を止めなさい」

イイイイイイイン！

風の唸るような音とともに、それまでに倍する太さの根が――いやこれはもう触腕（しょくわん）だ――僕たちの頭上から降ってきた。

「くっ！」

カタリナが慌てて《光の壁》を張ろうとするが、青い魔力光が僕たちを包み込む前に衝撃がきた。

「ぐふう……！」

イオを抱え込んでいたラカムは、彼女を庇（かば）ったまま背中に触腕の一撃を受けていた。

「ちょ、ちょっとラカム！　しっかりしなさいよ！　なんで……こんな、血が……！」

「こいつぁ……きついな」

「しゃべっちゃだめ！　ラカムってば！」

イオが泣き声になっていた。

オイゲンさえ膝をつき、僕もまたルリアを庇うのが精一杯だった。

「くっそぉ……大丈夫か!?」

上空に逃げたビィはなんとか無事だったようだが、僕たちは誰ひとりとして立てなくなっていたんだ。

「こんな……こんなところで、負けるわけには！　オルキスを復活させる条件は、全て揃ったというのに……」

黒騎士が掠れ声で言った。

「くくく……これだから小娘は」

フリーシアが愉快そうに嗤う。

「なに？」

「絶望に嘆く者は、目の前に都合の良い希望を与えられると、簡単にそれに食らいつく……その希望の真偽を確かめることもせずに……」

「どういうことだ」

黒騎士の瞳は訝しげに細められ、フリーシアを見つめていた。

「くく……『器』であるルリアが溜め込んだのは星晶獣の力です」

星の世界の力……それゆえ、僕たちの手に余る。

だが、ただ強力なだけではないとフリーシアは言う。

「ルリアには確かに、星晶獣を統べるため、魂を共有し人格を投射する能力があります。しかし……それは決して、貴女の思っているような便利な能力ではない」

「なに！」

「その能力は一度使えば、二度と使うことはできないのです。本来はルリアが真の力を発揮するための準備として、空の世界との融和のために行われるもの」

「空の世界との融和……だと？」

「ええ。異なる世界の間で力のやりとりを行うためのものです。それが機密の少女の持つ機能だったのです。けれど、ルリアはもうその少年と魂を共有してしまった」

黒騎士の目が大きく見開かれた。

「それでは……」

「人格――魂の投射は一度きり。端的に言えば……もうあのオルキスは戻ってこない、ということです。私にはルリアの力のうち、星の獣を統べる力さえあれば良いので問題はないのですが」

言葉の最後は黒騎士の耳には届いていないようだったが、僕にはフリーシアの言葉の後半も重要だった。宰相は、未だルリアを欲しているということだ。

この神殿に辿りついたときルリアは言っていた。大きな二つの力を感じる、と。

一つは目の前にいる変わり果てたユグドラシル――ユグドラシル・マリスだろう。

ということは――まだ一つ。

何かがいるわけだ。何か、恐ろしいものが。ルリアが思わず目覚めを否定してしまうような。

黒騎士が膝から崩れ落ちた。

「では……私の十年は……」

「お、おい！　しっかりしろ、アポロ！」

黒騎士にオイゲンが駆け寄る。

「さぁ、それではさっさとこの世界を終わらせてしまいましょうか」

眼鏡の奥の瞳を妖しく煌めかせてフリーシアが命じる。

「オルキス……《アーカーシャ》の起動を」

小さく頷くと、オルキスはルリアの方へと歩き始める。

「オルキスちゃん？」

一歩、二歩と近づいてくる。

「ねぇ、待って、オルキスちゃん！　ダメだよ、こんなの！　その星晶獣を使ったら、私もオルキスちゃんも、居なく……っ！」

彼我の距離が三歩ほどまで近づいたとき、ルリアの顔から一切の表情が消えた。青い瞳が何も映さなくなる。全身から力が抜けて両腕がだらりと垂れ下がった。

それを見たオルキスの口から言葉が零れ落ちる。

「我、アルクスの名において、星晶獣アーカーシャの起動を執り行う」

オルキスの言葉に反応し、感情を映さないルリアの瞳は見開かれたまま言葉を紡ぐ。

「……管理者の認証を完了しました。星晶獣アーカーシャの起動要請を受諾……」

「お、おい、ルリア！　どうしたってんだ!?　なぁ、おい！」

呼びかけるビィの声も届かない。

「管理者権限をビィーレイスト・アルクスから移譲、……掌握」

そして、ルリアは何かを迎え入れるかのように両手を高々と空へと差し上げた。

まるで出会いのあの時に、《原初のバハムート》を召喚したときのよう。

ただし、あのときとは違う。これはルリアの意思じゃない！

「星晶獣アーカーシャを起動します」

4

ヲヲヲヲヲヲヲヲヲヲヲヲヲヲヲヲヲヲヲン！

吹き抜けになった空から風に鳴る金属管の楽器のような音が聞こえた。
まるで天上から降り注ぐ音楽のようだ。
雲間から、巨大な何かが降りてくる。

天空より顕現せし其の姿は——。

アーカーシャという星晶獣の姿を言葉で形容するのは難しかった。
「な、なによ、あの白いオバケ！」

と、叫んだイオの言葉がもっとも的確だったかもしれない。

辛うじてひとらしい輪郭の存在だったが、やたらと長い首の上についている頭らしきところには目のように見える黒い穴がぽつぽつと空いているだけ。手足に至っては白い皮膚だか皮だか分からないものに覆われていて判然としなかった。ヒレや尾のようにも見える薄い皮が身体から生えていて風になびいている。

「これが……アーカーシャ……」

恍惚（こうこつ）とした表情を浮かべ、フリーシアが言った。

「さぁ、命じなさい、オルキス。星の歴史を、この世界から抹消（まっしょう）するのです」

言われた言葉の意味は理解できなかったが、フリーシアの命令が僕たちの誰にとっても受け入れ難いものであることは、オルキスの表情から判った。

「オルキス！」

呼びかける。

ルリアの声だけでは響かないならば、僕が呼びかけるしかない。

「オルキス！　聞こえてるんだろ！　君はそれでいいのか！」

僕とオルキスとの距離は十歩も離れていなかった。フリーシアとオルキスを護るための帝国兵たちも、先ほどのユグドラシル・マリスの攻撃によってほとんど居なくなっている。

今がオルキスを奪い返す絶好の機会なのだ。だが、オルキスの隣にはフリーシアが居て、彼女はユグドラシル・マリスを操る魔晶をもったままだった。アーカーシャという星晶獣が何をする存在なのか判らないが、もう一度ユグドラシル・マリスに攻撃されたら、たぶん僕たちは立て直せない。

「オルキス！」

僕は必死で呼びかける。

くすんだ青い髪の少女がかすかに身体を竦ませた。

瞳がようやっと僕のほうを向く。

「君にはルリアの声が聞こえているはずだ！」

僕にだって聞こえている。魂の繋がりがあるから――だけじゃない。一つの魂を分け合っているからじゃなくて、友人だから判る。

どうしてオルキスちゃんはそこに居るの？

私たちの手を取らないのは、どうして？

ルリアの声が痛いほど心に響いてくる。

「何をしているのです、オルキス。さあ、アーカーシャに命令を」

「い、いや……だ」

オルキスの表情がくしゃりと崩れた。振り絞るような声で言う。

「いやだっ……！」

その瞬間、空へと向かって差し上げていたルリアの両腕が落ちる。

「っ！　わ、私……？」

「なに？」

フリーシアの顔が驚愕に歪む。

「ル、ルリアが元に戻ったぜ！」

「私……あっ、オルキスちゃん！」

今だ！

僕は十歩の距離を駆け抜けてフリーシアへと体当たりした。

「なっ！　このっ！」

さすがに帝国宰相にまで昇り詰めただけはある。衝撃にたたらを踏んでよろけたが、持っている魔晶を落としてくれるほど甘くはなかった。体勢を立て直して魔晶を掲げてきた。

「ユグドラシル・マリスよ！」

ふたたび巨大な根が唸りながら僕のほうへと向かってきた。

「させるか！」

カタリナの声が聞こえ、鞭のようにしなって僕の頭上から降ってきたユグドラシル・マリスの根は僕の身体に触れたが、そこで青い魔力光が散って衝撃は吸収された。

カタリナの《光の壁》だ。

「オルキスちゃん！　こっち！」

ルリアがオルキスに手を差し伸べ、オルキスが手を取った。

ドン、ドン、と砲撃の音が聞こえる。

オイゲンとラカムの長銃の音だ。弾丸はフリーシアの足下へと突き刺さり、「閣下！　こちらに！」と慌てて配下の帝国兵たちが盾になった。

「そこを、どきなさい！」

フリーシアは声を荒らげるが、そのときにはもう僕とルリアはオルキスの手を引いて逃げ出していた。

「奴らを捕らえろ！　ユグドラシル・マリス！」

背中でフリーシアが命じる声を聞いた。

5

僕たちはオルキスを連れ、神殿の入り口まで駆け戻った。

「カタリナ……わ、私はいったい何を？」

「ルリア、詳しい話は後だ！　とにかくいまはここから逃げ――」

ドカン、と重い何かを打ち付ける音が聞こえ、背後の扉が吹っ飛ぶ。

「くっ！　もう追ってきたか！」

ユグドラシル・マリスの根だ。先端が裂けて、真っ赤な口が蛇の頭のようにもたげられる。石の床を砕きながら迫ってくる。

「ど、どーするの？　魔法ももう……」

イオの顔は魔法の連発で土気色になっている。魔力が尽きかけているのだろう。

「こいつは、ちっとやばいかもな」

ラカムが言って、カタリナがぎりっと奥歯を噛みしめた。

ぽつりとロゼッタが言う。

「そうね……ここまでかしらね」

それまでに聞いたことのない声音で、何かを決めた者の放つ言葉だった。

足下に震動が走る。

低い、地鳴りのような音がする。

「な、なんだぁ？」

「おいおい、島が揺れるなんざ、いったい何が……」

「ラカム、皆、見ろ！」

カタリナが指さしたのは、ユグドラシル・マリスと僕たちを結ぶ石の床だった。

ぴしり、と亀裂が入り、裂け目から何かが飛び出してきた。

「蔓……？」

緑色の蔓だ。しかも表面にびっしりと棘が生えている。僕たちの背よりも高くまでひゅるひゅると育っていって、僕たちに向かって突進しつつあったユグドラシル・マリスの根に絡みついた。

しゅるりと巻き付き、ぐっと床に向かって引く。

一本一本は細くとも、何十、何百もの蔓が伸びて、まるで囚人を捕らえる縄のように、迫るユグドラシル・マリスの触腕を片端から床に貼り付けてゆく。

「これ……は、薔薇の蔓、か……？」

「なんだか判らねえが、この隙に急げ！　港まで戻りゃなんとかなる！」

ラカムの声に、全員が頷く。

いや――全員でなかった。

「どうした？　ロゼッタも早く……」

促すカタリナにロゼッタが首を横に振った。

「ごめんなさい……アタシはもう、貴方たちとは行けないわ……」

「ロゼッタ!?　どうして、そんな……」

イオが驚いている。

「アタシには、ここに残らなくちゃいけない理由があるの。けれど……必ず助けに来て、あの子を……」

「あの子……？」

ルリアがロゼッタの言葉に反応した。その言い方はルリアに特有の、星晶獣を心から友人として見ている証だったが……。

「ユグドラシルには《コア》と呼ばれる部分があるわ。おそらくはその《コア》に魔晶によって過剰な星の力を注ぎ込まれているの。それも純粋な星の力ではなく、粗悪な力を……そのせいで、あの子はもう壊れる寸前だわ……だから、誰かがそばに居て支えてあげないと……」

そう言うロゼッタの身体に変化が起こっていた。

ふわりと膨らんだ彼女のスカートがさらに広がり、盛り上がると、ユグドラシルを捕らえている蔓と同じものが幾本もスカートの中から伸びていた。

「ロ、ロゼッタ……君はいったい……」

正体を問うカタリナの言葉にロゼッタは答えない。代わりに口にしたのは僕たちへの願いごとだった。

「あの子を救う力が、貴方たちにはあるの……あの子は、貴方たちしか救うことができない」

あの子、というのはユグドラシルのことだ。

それから、何故かロゼッタはビィのほうを見たのだ。

「貴方は思い出したくもないでしょうけど……お願いね……ビィ君」

ビィが空中で飛び上がった。

「んぇ⁉　オ、オイラ……⁉」

そう会話している間にも、ユグドラシル・マリスは次々と薔薇の蔓に絡め取られてゆく……。

この蔓は……まさか、ロゼッタが操っているのか⁉

「さあ、早く行って！」

「ちょっと待って！　オイゲンは⁉」

イオの言葉に僕らは全員が顔を見交わした。

オイゲンが——いない。

確か、フリーシアの残酷な言葉に打ちひしがれた黒騎士の元へと駆け寄って……。

その後は、そうだ。フリーシアを足止めした銃の音。あのときにはオイゲンも砲撃に加わっていた。だから、てっきり僕たちは一緒に逃げ出したと思っていたんだ。

「あっ！　おっちゃん！」

ビィが叫んだ。

神殿の奥、僕たちが逃げてきた方向からよろよろと歩いてくる人影が見えた。

傷を負っているようだった。

「オイゲン！」

慌ててラカムが迎えに行った。肩を支えて戻ってくる。彼らの走るすぐ脇を、薔薇の

蔓に縛り付けられたユグドラシルが、それでも枷を外そうと藻掻いていた。

戻ってきた二人を見てオルキスが問いかける。

「アポロは……どうなったの？」

はっとなった。

オイゲンがうつむきながら言う。

「はぐれちまった……」

「……はぐれた、だと？」

ああ、とオイゲンがカタリナに向かって頷いた。

「結局、あいつぁオレの手を取らなかった……そうして、どこかに姿を隠しちまった。どうしようもねぇ。帝国兵たちに捕まった様子はなかったが……」

「アポロ、が……」

「大丈夫です！　アポロさんは捕まったりしません！」

「ルリア……」

「今はそれを信じましょう」

判った、とオルキスが頷く。

「しかたねえ。とりあえず、グランサイファーまで戻るぞ！」

ラカムが言った。

「森の中を戻っている時間はないわ」

ロゼッタが額に汗を浮かべている。

「この島に貴方たちがいるだけで、あの子は命令と理性との相反する心の板挟みになって苦しんでいる……。できるなら、すぐにでもこの島を出て頂戴」

「って言ってもよう……港までまだかなりあるぜ！」

ビィが嘆いた。

そのとき、僕は空気を切り裂くようなかすかな音を耳にしたんだ。

空を見上げる。

「グランサイファー！」

「なんだと!?」

ラカムが目を剝いた。

「んなはずあるか！　あれを俺以外が飛ばせるわけが……！　っ、ありゃあ……」

「《秩序の騎空団》の騎空艇、か……！」

見慣れない騎空艇が三艇、三角形に並んで空を飛んでいて、三つの艇から綱で一つの艇を吊り下げていた。吊り下がっているのはもちろん――。

「グランサイファー……ここまで持ってきたってのかよ……」

上空から拡声器を通した声が降ってくる。

「みなさん！　早く乗ってください！」

リーシャの声だ！　やけに懐かしい感じがした。

グランサイファーを吊り下げたまま《秩序の騎空団》の三艇が降下を始めた。神殿の前の広場にぎりぎり低空までグランサイファーを持ってくる。甲板からリーシャが吊り梯子を落としてきた。ほどけて、僕たちの頭上まで降ってくる。

「昇って！」

ロゼッタと一瞬だけ視線を合わせる――僕は頷いた。

「行きましょう！　今はここを出るんです！」

甲板ではリーシャが待っていた。

そのまま全員で操舵室へと向かう。

操舵室の扉をくぐりながらリーシャが教えてくれた。

「いきなり炉が動き出したんです……誰もいないはずなのに。この艇が勝手に飛びだそうとしていて、私、どうしていいか判らなくて……」

「リーシャ殿、正直助かったが……よく私たちの場所が判ったな」

カタリナが言った。

「いえ、団長さんたちの居場所は判りませんでした、けれど、帝国の戦艦も動いたので」

いつの間にか帝国戦艦が滞空している。

リーシャが窓の外、神殿の上空を指差した。

「いったい何が……？」

「彼らも撤退しているようなんです」

「撤退だと⁉」

「は、はい。彼らだけじゃありません。この島からの完全撤退です。島のあちこちから薔薇の蔓のようなものが伸びてきて、私たちを追い出しに掛かっているんです」

「……ロゼッタか」

「はい？」

リーシャに、僕らは説明をしている余裕はなかった。

「とにかく炉が温（あった）まってるってんなら、そのまま飛ばすぜ！　綱（ロープ）を切ってくれ！」

「判りました！」

リーシャは通話器を通して部下に命じ、グランサイファーを吊り下げていた綱を切る。

一瞬だけ落下する感覚があったが、すぐにグランサイファーはいつものように空気を掴んで舞い上がった。

操作卓の上をイオの手が走る。

「機器の異常もないわね。これ、ほんとに独りでに動き出したの？　いつもより調子が良いくらいなんだけど」

「まあ、あいつの作った艇だからな。直したときに何かびっくり仕掛けでも仕込んだのかもな」

ラカムが舵輪を操りながら言った。どんなときでも、グランサイファーのことを語るときだけはラカムは軽口だった。それだけ信頼しているということだろう。

リーシャは通話器を通して、味方の騎空艇と連絡を取り続けていた。会話を漏れ聞いている限りでは完全撤退という言葉に嘘はないようで、騎空艇港は押し寄せる人々でごった返しているようだ。

「見ろ、ルーマシーが！」

カタリナが操舵室の展望窓の右手下へと注意を促す。視界の下半分、ルーマシーの森のほうだ。

「おいおいおい。あれがぜんぶロゼッタの仕業だってのか……」

ラカムが呆然とした声になって言った。

巨大な植物の蔓が森の梢を越えて伸び続け、互いに絡みあって網のように森を、いや、島全体を覆い始めたのだ。

蔓は一刻毎にますます太く頑丈になってゆき、薔薇のような棘を——一本一本が戦艦の主砲ほどもある——外側に向かって張り巡らせた。

檻だ。

緑の棘の檻——。


「薔薇の結界……」

誰かがつぶやいた。

そうだ、あれは結界だ。

帝国戦艦が結界に向かって砲撃を始めた。

薔薇の棘の表面で幾つもの砲弾が炸裂し、赤い火花を咲かせるが、棘の一つを欠けさせることさえできなかった。

「島と、あの子を護るためにああしてるんです……」

ルリアが言った。

「もしかして、ロゼッタは……」

「はい……たぶん、ノアさんのように星晶獣だったんだと思います」

ルリアが言った。


グランサイファーは島からゆっくりりと離れつつあった。

6

帝国戦艦の甲板には、彼女の苛立ちを表すがごとく激しい砲撃の音が鳴り響いている。

戦艦のあらゆる砲塔から砲弾が眼下のルーマシーの森を護る緑の結界に降り注いでいるのだ。

それだけではない。

魔晶を片手にフリーシアが叫ぶ。

「我が敵を滅ぼせ！　星晶獣どもよ！」

現れたリヴァイアサンがミスラが、巨大な身体を空に浮かべ攻撃を始める。

「アドウェルサも全機、起動させろ！　あらゆる兵装の使用を許可します！」

宰相の放つ命令を聞いて、部下の兵士たちが戦艦を走り回った。

「何なんだあの星晶獣は……！　どこから出てきた？　何故マリスを抑えることができる！」

先ほどからフリーシアは魔晶を通してユグドラシル・マリスに命令を送り続けているのだが、返ってくる手応えは芳しくない。

あの薔薇の棘をもつ緑の結界は、フリーシアと帝国兵たちに襲いかかり、彼らを島から追い出してしまった。

「くっ、島の守護星晶獣を代わりに買って出たとでもいうつもりか⁉　あと一歩……真の世界がこの手の届く位置にあったというのに……！」

フリーシアにとっては散々な展開だった。

せっかく手に入れた力であるユグドラシル・マリスは制御不能。起動させたはずのアーカーシャは沈黙してしまった。しかも、もう一度起動させようにも、ルリアどころかオルキスまで持ち去られてしまった。

あの騎空団の持つ騎空艇は想像以上の性能で、帝国の騎空艇では追いつけそうにないと報告があったばかりだ。

「ちっ……！　役立たずどもが！」

オルキスもルリアも奪われ、アーカーシャの眠るルーマシー群島には降り立つことも叶わない……。

——厄介なことになりましたね。何から対処すべきか……。

そこにさらなる連絡がもたらされる。

「フ、フリーシア宰相閣下！　お耳に入れたいことが！」

伝令係の兵士はフリーシアの元へと近づき、耳打ちする。

「なに？　間違いないのですか、それは？」

「はっ！　アガスティアの軍本部からの連絡になりますので……」

「ちっ……何故こういう時に限って面倒事が……！　判りました。貴方たちは全戦力をもって、ルーマシーへの攻撃を続けなさい。よろしいですね？　私は一度島を離れます。誰か最速の高速艇を用意しなさい」

「……閣下」

「どうしました？」

「それがその……最高速艇はあの騎空団を追うために出してしまったので……」

ルリアとオルキスの確保を最優先せよ。

そう命令を出したのはフリーシアだった。

「では、二番目で構いません！　すぐに！」

「わ、判りました！」

伝令が青くなって立ち去った。

フリーシアは苛立たしげに床を踏み鳴らした。

──なぜ？　なぜだ！　完璧だったはずだ。

ユグドラシル・マリスの起動まではフリーシアの思い描いていた通りの展開だった。

役者は全て舞台に上がり、彼女の書いた脚本は完璧だった。

──どこから狂った？

──オルキスが私の命令に背いたのはどこからだ？

役者が脚本を無視して勝手に動き始めたのは……。

一人の少年の顔が宰相の脳裏に浮かぶ。

力の裏付けなき言葉は無意味だと諭したというのに……あの少年はそれを自らのオルキスへの呼びかけ一つでひっくり返してしまったというのか。

「許すものか……」

暗い情熱を瞳に宿し、フリーシアは独りつぶやく。

立った。


「グラン……といいましたか。覚えておきましょう。ですが、二度目はありません」

しばらくして、戦艦から離れた高速艇が一艇、帝国の都アガスティアを目指して飛び立った。

7

「だから、落ち着けって言ってんの！　いま、あたしたちがバラバラになってどうするのよ！」

イオの怒鳴り声が操舵室の中で響いた。

「む……」

「イオ……」

睨み合っていたオイゲンとカタリナが気まずそうに顔を伏せた。

アポロを残してきたことを悔いているオイゲンは今すぐ島に戻ろうと言い、ユグドラシル・マリスの力を身に染みて感じたカタリナは冷静にそれは無謀だと指摘した。

二人は睨み合い、どちらも譲る気がなさそうで、僕もルリアも、ラカムも、宥めることはできても諭すことはできなかった——どちらの気持ちも理解できたから。

どちらが正しい、と決めることはできない。

どちらの言い分も判る。

だが、止めない限り、二人の言い争いはますますエスカレートしそうだった。

一喝してのけたのはイオだ。

「確かにあの《マリス》とかってのは、すっごく強かったわよ！　でも、だからなに⁉　相手が強いなら、あたしたちもみんなで強くなればいいじゃない！」

「みんなで、強く……」

イオの言葉をカタリナははっとした顔になって繰り返した。

「そうよ！　できるわよ！　みんな一緒なら、なんだって……」

できる、そう言いかけてイオの顔が俯いた。涙の粒が操作卓に落ちる。

「で、できるわよ……じゃないと、じゃないともうロゼッタに会えなくなっちゃうじゃない。そんなのいや……あたし、また、ロゼッタに会いたい……ひっく」

とうとう泣きじゃくり始めた。

「だから、ぐす。喧嘩なんて……しないでよぉ……！」

「イオ……」

カタリナがバツの悪そうな顔をする。

「イオちゃん……」

ルリアがイオの席の傍らまで行って肩を抱いた。優しく背中を撫(な)でる。

「うう……」

「大丈夫です。イオちゃん。みんな一緒ですよ」

「ル、ルリア……」

「私たちはずっと一緒です。同じ、一つの騎空団なんですから」

イオがルリアにしがみついた。

わんわんと泣き始める。我慢していたのだ。

詰めていた息を吐き出し、オイゲンが首を横に振った。

「っ……！　オレぁこんな子どもになに言わせてんだろうな……すまねぇ、イオ。ちぃっとばかり、頭に血が昇ってたみてぇだ。カタリナ、さっきは怒鳴っちまって悪かったな……」

「いや、こちらこそ、すまない……私も冷静さを欠いていたようだ」

二人ともが頭を下げた。

「……アポロはどうなるの？」

ぽつりとオルキスが言った。

今度は迷わず、即座にカタリナが言う。

「助ける。必ずな。そうだろう？　オイゲン」

「ああ……だが確かに姉さんの言うとおりだ。何の策も無く戻っても意味はねぇんだ」

そういうオイゲンの顔は何かに精一杯堪える表情を浮かべている。

先ほどまですぐに戻りたいと言っていたのだ。そんなに早く心が切り替えられるわけじゃない。一人娘なのだ。それでも……イオの言葉に耳を傾けるだけの冷静さは取り戻したようだ。

「イオはすごいね……」

艇長席に座りながらも、何も言えなかった僕に比べれば、イオは立派だ。

「……え？」

「君がこの騎空団に冷静さを取り戻させてくれたんだ。すごいよ」

「あたし、が？」

僕はイオに向かって微笑（ほほえ）む。

「そうです、イオちゃんのおかげです！」

「炉を温めるのも、冷ますのも、機関士の仕事だからな」

軽い口調で冗談のようにラカムが言ったが、その通りかもしれない。イオはこの艇の機関士であり、同時に機関部そのものでもある。僕たちの行動にときに勇敢さをもたらし、ときに落ち着かせて冷静に考えさせる。

笑顔を運ぶ魔法使いは、稀代の動機付け者でもあったようだ。

「ま、あいつは腐ってもオレの娘だからな！　そう簡単にくたばりゃしねぇさ！」

オイゲンが言った。

「う、うん……」

イオが涙を拭きながらようやく微笑む。

「判った……信じる」

オルキスも頷いた。

「ふふ……やっといつもの雰囲気に戻りました。ねぇ？　ビィさん、グラン……」

ルリアが僕の隣の席に戻ってくる。ビィのほうを見た。

「ビィさん？　どうしたんですか、難しい顔してますけど……」

「ん？　あ、ああ、実はオイラさっきから――」

そのときカタリナが言い出したのだ。

「まあまあ、気分を変えようじゃないか。そろそろ夜も遅い。なんなら、私が今から夜食を作ってこよう。それを食べながら今後の算段でも……」

そう言って操舵室から食料庫へと向かおうとしたので、僕たちはユグドラシル・マリスよりも恐ろしいものを避けるために必死の形相でカタリナを説得することになった。

リーシャだけが、不思議そうにそんな僕らを見ていた。

8

交互に簡単な食事を済ませ、僕たちは改めて操舵室に集まった。

「うん。この香茶(こうちゃ)は美味(おい)しいな」

カタリナが副卓(サイドテーブル)に置いた銅製のティーカップを持ち上げながら言った。

「ありがとうございます」

リーシャがにこりと微笑んだ。

「美味しい香茶は心の安寧(あんねい)と秩序をもたらす――とまぁ、モニカさんから言われていまして。その影響で私たちの騎空団では、茶葉だけは良いものを使用する習わしになってるんです」

「ほう。なるほど……」

食後に飲んで欲しいとリーシャが自分たちの艇から持ってきたのだった。

「ともかく、ロゼッタと黒騎士を救い出すには、《マリス》を攻略する必要がある」

「信じらんねぇ強さの化け物だったが……ありゃ結局、なんなんだ？」

化け物、と言われた瞬間にルリアがびくりと身を竦ませた。

「あれは……ユグドラシルなんです」

「……っと、悪ぃ。けど、あれはユグドラシルそのもの、なのか？」

「はい……」

「そうか。すまねぇ。オレも帝国の奴らと同じになっちまうところだったな」

カタリナがため息をついた。

「ひとが偏見を捨てるのは容易いことではないな。かくいう私とて、ルリアの世話をするまでは《機密の少女》をひとりの少女として見ていたかは怪しい」

「カタリナ……」

「だが、できるだけ先入観で見ることは捨てねばなるまい。それに、グランの言ったとおりだ」

「僕、の……？」

「宰相の前で言ったじゃないか。『自分の意思に反した行動をさせるな』と。それがすなわち、相手を人扱いする、ということだ。今の時代、もはやヒトと呼ばれるのはヒューマンだけじゃない。そのなかに星晶獣を加えて悪いことはない」

「星の民も、です」

僕は前から考えていたことを言った。

オルキスが頷いた。彼女の父は星の民なのだ。

「戦っている相手を人間扱いすることは難しい。だが、それをしなければ、ひとはどこまでも残酷に振る舞える……私は帝国に居たときには気づかなかったよ」

躊躇（ちゅうちょ）なく村を焼こうとしたポンメルンや、ポート・ブリーズを空の下に落とそうとしたフュリアスのように。

「ロゼッタさんは、ユグドラシルの《コア》に魔晶の力が注がれている、って言ってました」

「《コア》とは何だ？」

改めてカタリナが疑問として投げかけた。

コア――とは「核」という意味だ。それは判る。

だが、星晶獣の核とはいったい……。

「ユグドラシルの《コア》はみんなも見てる、はず……」

オルキスが言った。

「君は、見ているのか?」

カタリナが尋ねると、オルキスは、

「魔晶の調整に付き添わされた、から。みんなも見てる。あのとき」

「僕らが見ているだって?」

僕は首を傾げた。そんなのを見た覚えは……。

「まさか、あれか。私たちが湖のほとりで見た……あの光る……」

カタリナが遠い記憶を手繰り寄せた。それでリーシャを除く僕たちはみな思い出したんだ。僕たちが最初にユグドラシルを見たときだ。星晶獣が顕現する直前に光る球体が湖の上に現れたのだった。もしかして、あれが……。

「全ての星晶獣に、ああいう光る球みたいなのがあるってのか?」

ラカムの問いに、オルキスが首を横に振った。

「必ずしもそうではない……と思う。アポロならもっと判るはず。ただ、ユグドラシルの星の力にアクセスするには《コア》の元に行く必要がある、と言ってた」

「それであの場所に君を連れていったのか……」

そして、フリーシアも《コア》について知っていたわけだ。つまり、星晶獣の星の力に触れるには《コア》を経由する必要があるということだろう。

「でもよう。ルリアはそんなことしてなかったぜ？」

ビィが言った。

全員がルリアを見た。

「えっ、わ、私ですか？　あの……よくわかんないです」

「ルリアが星晶獣を鎮める……落ち着かせているときは、どうやっているんだ？」

カタリナが辛抱強く聞き直す。

「ええと、その。こう、あっちに向かって声を掛けると答えてくれることがあって、それで、えいっとこう力を捕まえて……」

さっぱり判らなかった。

「あうう」

「もしかしたら、ルリアは特別なのかもしれないな」

カタリナが言って、とりあえず話を先に進めることになった。

「つまり……なんだ？　星晶獣の《コア》ってやつに、魔晶に蓄えてあった力を注ぎ込んでる、ってんだな？　で、その結果、《マリス》になっちまってる、と。つまり、注いだ力の分だけ強化（パワーアップ）してるってことか？」

「はい。ただ、ロゼッタさんはこうも言ってました。あの子は壊れかけてるって。きっと、ユグドラシルに受け止めきれないほどたくさんの力が、無理に注がれてるんだと思います」

「なあるほど。段々読めてきたぜ……。だからロゼッタは、帝国のやつらも島から追い出したってわけか」

パチっと指を鳴らしてラカムが言った。

「そっか。そうすれば、新しく力を注ぎ込むのは止めさせられるものね」

イオが言った。

「じゃあ、このまま放っておけば、もう増えないんだから元に戻るんじゃねーか？」

「その前にユグドラシルが壊れなければ、だ」

カタリナに指摘され、ビィが「それもそうだよな」と項垂れた。

「そもそも、私が目覚めさせなければ……」

オルキスが言った。

島で眠っていたユグドラシルを最初に目覚めさせたのはオルキスだった。彼女が目覚めさせ、《コア》を現出させたんだ。

「そうだな」

カタリナに言われて、オルキスは一瞬息を止めた。

「だから、謝りに行こうじゃないか」

「……かた、りな？」

「オルキス……君がそう思うのなら、謝るべき相手は私たちじゃない。そうだろう？　もう一度、ルーマシーに行って、ユグドラシルに謝ろう。心を込めて、な」

「う、うん……！」

　オルキスが小さく頷いた、そのやりとりを見ていたルリアが誇らしげな顔をしていた。どう、私のカタリナは良いこと言うでしょ、という顔つきだ。

　そして、僕たちは実際にどう取り組むべきかの相談を始めた。

　魔晶の力を注ぎ込むことをやめさせたいならば、魔晶を遠ざければいい。

　それは、今のままでもロゼッタが持ちこたえさえすれば叶えられる。問題は、カタリナの言うように、既に注がれた魔晶の力のせいで狂えるユグドラシルの暴走が収まらない場合だ。

「ユグドラシルに既に注がれちゃっている力も取り除く必要があると思うんです」

　ルリアが言った。

「それは、ルリアやオルキスの能力じゃ、どうにもならねぇのか？　元々魔晶に蓄えられた力ってぇのは、嬢ちゃんたちが吸い上げたものを元にしたもんなんだろ？」

オルキスは首を横に振った。

「わからない……やったことがない、から……」

そのときカタリナがふと思い出したように口にした。

「そういえば……ロゼッタはビィ君に言伝をしていたな？

あの子を救う力がある、と……」

「それなんだけどよぅ。オイラ、島を出てからずっと考えてて。でも、わかんねぇんだ。

ロゼッタが、オイラに何を言いたかったのか……」

「身に覚えがねえってか？」

オイゲンが尋ねる。

「ないわけでもねーんだけどよぅ」

「えっ!?」

オイゲンに返した言葉にいちばん驚いたのは僕だ。

「いやほら、グランは知ってるだろ？　オイラ、グランの親父さんに拾われる前の記憶が全くねーんだ」

「ふむ。グランの御尊父というのは、騎空士をしていたと言ったな？」

カタリナが言った。

「はい」

「それで、イスタルシアで待つ、と手紙を寄越した、と。ということは、《瘴流域(しょうりゅういき)》を越えて、星の島まで辿りついたということになるわけだが……ビィ君はいつ拾われたんだ？」

「僕が生まれた頃……だったと聞いた覚えがあります。僕が生まれて、父さんは僕をザンクティンゼルに預けに来たんです。やらなければいけないことがあって、僕は連れていけないので、頼むって」

「やらねばならない、こと……ふうむ。生まれた頃というと、十五年くらい前ということだな？　そういえばグラン、君の母親は？」

「同じ艇に乗っていた、とだけ聞いています。ただ、僕を島に連れてきたときには居なかったそうです。それで、寂しくないようにとビィを一緒に置いていったって」

「で、そのときにはもう記憶がなかったわけか」

「オイラ、グランの親父さんのことは覚えてるけどな！　あ、そうだ。いっこ思い出した！」

全員がビイを見た。思い出した？

「ノアのやつも、親父さんのこと知ってるって言ってたぜ！」

「……ノアが？」

　とっさにラカムのほうを見たが、ラカムも知らなかったようで首を横に振った。

「えーと、確か、グランとは会ったことがないけど、親父さんとは縁があった、とか何とか」

「ということは、グランの生まれる前に出会ったということか？」

　ノアは星晶獣なのだから、見かけ通りの歳ではない。そもそもグランサイファーを作ったのが遠い昔のことなのだから。

「まあ、今はグランの両親のことは置いておこう。ここで結論の出る話でもないだろう。それよりも、ロゼッタの言うことに対して、身に覚えがある、とは？」

「だからさ！　記憶がないけど、もしかしてオイラには、すっげー力が眠ってるのかもしれねーだろ！」

　イオが目を半分閉じてビィを見つめた。

「このトカゲが？」

「だから、オイラはトカゲじゃねぇって、言ってんじゃねーか！」

「でも、どうしてそれをロゼッタが知ってるのよ？」

「えっ？　あ……そっか。なんでだ……？」

「役に立たないわね、このトカゲ」

「だから――」

いつものように言い合いを始めた二人を僕は止めた。

「待って待って」

僕も一つ思いついた。

「ビィのこともだけど。そもそも、もっと情報を集める必要があるんじゃないでしょうか。推測だけで議論しても、進まないと思うんです」

「もっともだな」

ラカムが言った。

カタリナも頷く。

「情報か。しかし、ビィ君に覚えがないというならば、記憶を無くす十五年より前の出来事ということになるぞ。エルステが帝国になるよりさらに五年も前だ。そんなに古い情報が残っている場所となると……」

そこで初めてリーシャが手を上げたのだ。

「あの……アマルティアにならありますよ」

僕たちは驚いてリーシャを見たんだ。

「アマルティア島に？」

「正確には《秩序の騎空団》に、ですけど。私たちの騎空団には過去の記録を保管する場所が、空域ごとに設けられているんです」

「そうか、《秩序の騎空団》はファータ・グランデだけでなく、空の世界の全てを行き来する存在だったな。それも、七曜の騎士の力があればこそ、だと言われているが」

「はい。私たちは空域の秩序を保つことが使命です。ですが……みなさんから以前に指摘されたように、秩序は固定の状態ではありません。島には島ごとの秩序の有り様が存在するように、空域全体も空域ごとの秩序が存在します」

僕たちは時折り頷きながらリーシャの話を聞いた。

「それでも、できるかぎり全ての空域の秩序の状態を一致させるために、あらゆる歴史的な資料は保存しておく必要があるんです」

「裁判の判例のようなものか」

カタリナが難しいことを言って、イオやルリアは首を傾げたが、話の腰を折らないように口を閉じていた。

「その通りです。だから、過去の《秩序の騎空団》の出動記録も含めて、古い資料がけっこう残っているんです」

「なるほど、そういうことならば、その資料庫をあたってみる価値はありそうだな」

カタリナが言った。

ラカムがにっと笑みを浮かべた。ようやく身体を動かせる、という顔つきだ。

「そんなら行き先は決まったな！　《秩序の騎空団》のアマルティア島に向かって全速前進だ！」

舵輪の前に立ち、ラカムが言う。

「イオ！　炉に燃料をありったけ放り込め！　グランサイファーの最速記録を出してやる！」

「もう、このオジサンは無茶言うんだから……」

「わ、私は自分の艇に連絡を。この艇に最速で飛ばれると付いていけないので……」

「オルキスちゃんはこっちに座りな。ロゼッタが座っていた席だけどよ。あいつも反対はしねえだろ」

「うん……」

「ついにオイラがトカゲじゃねえってわかるんだな！」

「はっきりトカゲって判るのかもしれないわよ？」

「うぐ。そそ、そんなこと……」

「大丈夫です！　ビィさんはきっとトカゲでも立派なトカゲなんです！」

「ルリアぁ」

まあ、いつものやりとりだった。ビィが単なるトカゲではないと、薄々みんな気づいてはいた。ファータ・グランデには喋るトカゲは見つかっていないのだから……。

「よし、グラン。頼む」

カタリナが僕を見た。

僕は艇長席に座り直しながら叫ぶ。

「では、アマルティア島へ向かいます。グランサイファー、全速前進！」

僕の声に応えてラカムが吠える。

「おうよ！　グランサイファー、全速前進！　行っくぜぇぇ！」

ファータ・グランデの夜を切り裂いて僕たちの艇はアマルティア島へと向かった。

9

アマルティア島、《秩序の騎空団》第四騎空艇団本部、第四庁舎の牢獄(ろうごく)――。

冷たい灰色の壁に囲まれた、鼠(ねずみ)の走り回るだけの小さな部屋で、第四騎空艇団・元船団長モニカ・ヴァイスヴィントがひとり、祈りを捧げていた。

——そろそろ、こちらの状況が伝わる頃、か……。

——リーシャ、絶対に無理はするんじゃないぞ。いまやお前は我々に残された、たった一つの希望なのだからな……。

頬にかかる豊かな金髪は波打ちながら背中を流れ落ち腰まで届いている。少女と呼ばれる歳ではない。そう自嘲するモニカだが、真剣に祈るその横顔にはまだ確かに若い頃の面影が残っていた。けれども、髪の艶だけは少しくすんでしまっている。もう、七日も牢暮らしなのだから仕方ない。

差し入れられる料理は冷たく、鍛錬のために身体を動かすだけの広さもなく、寝床は硬い石の寝台とあっては無理もないだろう。それでも、厠が部屋の隅に置かれた瓶だけという十年前の牢に比べればマシである。

——アポロニアが耐えられたのに、私が不満を言うのもな……。

鉄格子の開く音がした。

「む……」

モニカは目を開ける。焦げ茶の瞳が光を帯びた。顔をあげて振り返る。

狭い牢の扉を窮屈そうに潜って現れたのはがっしりとした体格の男だった。頭の左右に天を目指して聳える如き尖った角が生えている。ドラフ族だ。

「よう！　いい格好だなぁ、ええ？　第四騎空艇団船団長のモニカさんよ」

「違うぞガンダルヴァ……いまの私は船団長補佐だ」

「はん……知ってるよ、んなこたぁ。しっかし、ざまぁねぇなぁ。あのモニカともあろう者が、いまや囚われの身かよ……」

「ふん……自分で私をここにぶち込んでおいて、よく言ったものだな」

「だから言ってんだよ。昔のお前だったら、オレ様と互角にやり合えただろ？」

「どうだかな？　私はお前のような、戦闘狂ではないからな……」

「甘っちょろいんだよ。後輩の育成だかなんだか知らねぇが、さっさと船団長の座を退きやがって。ずいぶん丸くなっちまってよぉ。オレ様の暇を潰せる相手が、またひとり減っちまったじゃねぇか」

モニカの瞳がすっと細められ、鋭い光を帯びた。

「ガンダルヴァ……貴様、何が目的だ？　何故いまさらここに戻ってきた？」

「しらばっくれるんじゃねぇよ。判ってんだろ？　ん？」

「やはりお前の目的は彼の娘……リーシャか……」

「判ってんじゃねぇか」

「だが、そうそう上手くいくとは思えんな」

「だからお前を捕まえたんだよ。奴さん、大慌てになるだろ？」

「……ガンダルヴァ、一つ言っておく」

「ああん？」

「舞台にあがってしまえばお前も役者のひとりに過ぎん。もう配役に文句をつけることはできんぞ？」

「何ワケの判らねえことを……いまのお前には、牢の中でオレ様をそうやって睨むくらいしかできることはねーんだ。そこで大人しくしながら決着を楽しみにしてるといいぜ」

それだけ言い残すと、ガンダルヴァは乱暴に鍵を閉め、牢から去っていった。

――リーシャ……逸るなよ……。

モニカは後輩の身を案じつつ、頭の片隅にもうひとりの人物の顔を思い浮かべていた。

ひとりの少年の顔を。

ガンダルヴァは彼を知らない。いや、ひょっとしたら報告を受けているのかもしれないが、取るに足らない存在として見なしている。

たぶん、誰もが始めはそうなのだ。

モニカだってそうだった。黒騎士も、おそらくは帝国の者たち——宰相さえも。

目に入っているのは隣にいる蒼の少女だけ——。

だが——少しずつ誰もが気づいていくことになる。モニカのように。

モニカが彼に黒騎士の保護を頼んだとき、まだそれは賭けだった。ザカ大公から話を聞き、単なる騎空士ではないと睨んではいたが……結果的にモニカの見込みは正しかった。帝国兵相手に見事に黒騎士を護り抜いた。さらに驚いたのは、彼から、エルステ王国が星の民と過去に手を組んでいたと聞かされたことだ。どうしてそんなことを知ることができたのか。

まだ駆け出しの騎空士だというが、あの少年には何かがある。

ルーマシーへと少年を送っていったリーシャに、アマルティアの現状が伝わったとき、あの少年がどう出るのかは賭けだが……。

「ガンダルヴァ……お前は全てを自分の脚本通りに動かしたいのだろうが……」

牢の中の少女は焦げ茶の瞳を細めながら少年の名をつぶやいた。

「グラン、か……」

あの少年はいったい何者なのだ……？

第3章 赤き竜と蒼の少女

1

《秩序の騎空団》の駐留する島――アマルティア島。

グランサイファーは、リーシャの指揮する《秩序の騎空団》の騎空艇を遠く引き離して半日ほど早く島に辿りついた。

騎空艇港の管制塔と交信範囲に入って僕らは気づく。

「応答がないな……」

カタリナの言葉に操舵室の中がざわめいた。

「応答が、ない？」

不安そうにリーシャが尋ねた。

「ああ。先ほどから何度も呼んでいるんだが……」

「なぁなぁ。港の様子が変だぜ？」

操舵室の硝子窓から見下ろしながらビィが言った。

僕らも一斉に港を見る。

「艇がねぇな」

ラカムの言葉にリーシャがまさかと訝しむ。

「一隻もないなんてことが……」

「あれ！　見てください！　火事です！」

ルリアが階段状になった島の上部を指差した。そこにはアマルティアの街並みがある。

黒い煙が民家から上がっていた。

「どうやら……我々のいない間に何かが島で起きたようだな。ラカム、港に降りられるか？」

「まあ、他に艇がねぇならぶつかる心配もねぇし。降りるだけだったらできるけどよ」

ラカムの言葉に僕は即座に決断を下した。

「お願いします。とにかく降りて調べましょう！」

「おう。イオ。炉を抑えろ。けど、ぜんぶ落とすなよ。何かあったら……」

「すぐに飛べるように、でしょ」

ラカムは巧みな操縦で桟橋にグランサイファーを寄せる。

そのまま艇を留めたが、誰も出迎える者はなく、僕たちの他には人の姿がなかった。

人の姿がないだけではない。

リーシャに先導され、僕たちは足早に《秩序の騎空団》の本部を目指そうとしたのだけれど、途中で通る街並みを見て呆然となった。

「ぐちゃぐちゃ……」

オルキスが言った。

かつての整然とした街並みは無残に破壊され、戦乱の爪痕が僕たちを迎えた。

戦乱——何と何が戦った結果なのか。

「おーい、なんかあっちのほうから音が聞こえるぜー！」

ビィが街並みの一角を指差している。

通りの奥から戦いの物音が聞こえてきた。

「行ってみましょう！」

僕の言葉にみなが頷いた。

通りの奥へと進むと兵士同士が戦っているのが見えた。

「みんな！」

リーシャが声をかける。手前に隊列を組んでいたのは《秩序の騎空団》の団員たちだった。リーシャと同じような制服を着ている。声に何人かが振り返って、ぱっと表情を明るくした。

「船団長！」

そして彼らが戦っている相手は――。

「おいおい、なんで帝国兵がまた来てやがる！　あいつら、目的は黒騎士だったんじゃねえのかよ！」

「推測は後だ、ラカム！」

カタリナが言いながら剣を抜いた。

「どちらに非があるのか判らないが、戦いを止めるぞ！」

「武器を引いてください！　いったい、この島で帝国が何をしているんですか！」

叫びながらリーシャが隊列の前に飛び出した。

「ようやく出てきたか、船団長！」

「なに⁉」

どういうことですか、とリーシャが口にするよりも早く、その場にいた団員の一人がリーシャに伝える。

「あいつら、リーシャ船長を引き渡せと！」

「なっ、私を⁉」

「帝国の目的は……リーシャ殿か。しかし、詮索は後だ。行くぞ！」

カタリナは抜いた剣に水属性の力をまとわせると、躊躇せずに剣を振り下ろした。

《氷の爪(アイシクルネイル)》！

青い軌跡が剣の軌道を追うようにして前方へと伸びる。前に立っていた帝国兵たちをまとめて薙(な)ぎ倒(たお)した。

「がふっ！」

「こ、こいつらは……」

「騎空士か！　まだ残党が居たのか⁉」

騒ぐ帝国兵たちの前に僕も飛び出る。カタリナの《ルカ・ルサ》と同じ水属性の剣《アルマス》をわざと大きく振るった。

《雨嵐の刃(テンペスト・ブレード)》！

雨混じりの風の渦が僕たちと帝国兵たちの間を分断するかのように荒れ狂う。悲鳴があがった。

「く、くそっ！　引け！　中将閣下(ちゅうじょうかっか)の指示を仰ぐぞ！」

そう言い残すと、帝国兵たちは立ち去ったのだった。

2

通りでの戦いが終わると、負傷者を集め、イオとともに治癒の術で彼らを癒やしながらカタリナが尋ねる。

「しかし、なぜ船団長であるリーシャ殿が帝国兵たちに狙われるんだ？」

「その話は安全なところまで行ったら、彼らからゆっくりと聞くことにしましょう。応急処置を終えたら動きます。誰か状況の確認と案内を！」

張りのある声でリーシャが団員たちに向かって叫んだ。

どこかほっとしたような表情を浮かべた団員たちが了解の返事を返してくる。

「安全な場所って……あの《秩序の騎空団》の本部には行かねーのか？」

「おそらくそこはもう安全では……」

言いながら、部下に視線を送ると、彼らも一様に首を横に振った。

「やはりそうですか。本部が無事であれば、このような状況にはなっていない……まさか、モニカさんは……」

「命には別状なく、ただ、本部の牢に幽閉されてしまったようです」

「そうですか……」

最悪は避けられたようだが、リーシャは安堵の息をつく間もなく部下に指示を飛ばしている。顔には痛みに堪えるような表情が浮かんでいた。

負傷者の応急手当を済ませると、僕たちは移動を開始した。

街の中心から離れ、街外れへと歩く。その間、リーシャは部下たちと何やら話をしていたが、僕たちのほうまで漏れ聞こえてはこない。

「……いったい、何があったんでしょう」

ルリアに問われたが、僕自身にもさっぱり状況は判らなかった。

確かに以前に僕たちがアマルティア島を訪れたときにも帝国兵たちが現れた。

そのときは帝国兵たちの目的は黒騎士の口封じであり、居場所を突き止めて抹殺することだった。それを知った僕たちは、黒騎士を連れてこの島を脱出した。そしてそのままエルステの旧王都であるメフォラシュへと向かったのだ。

王宮の奥で星の民の遺品を見つけ、僕たちはその場所をフリーシアが訪れたことを突き止めた。が、既に彼女とオルキスの姿はなく……そこにリーシャが現れ、フリーシアがルーマシー群島に姿を見せたことを伝えてきた……。

フリーシアはルーマシー群島で僕たちを待ち構えていたのだから、この島を襲った帝国兵たちの目的は僕たちではないはずだ。

そもそもアマルティアへと向かおうと決めたのはロゼッタの言葉があったからで、それがなければ僕たちはこの島に戻っていない。

それに宰相からはリーシャを狙っていたような言葉は聞かれなかった。

アマルティア島に帝国がふたたびやってきたのには、何か別の理由があるはずだ。

僕たちが案内されたのは、街外れの森にある一軒の小さな小屋だった。

「リーシャ船団長！　ああ、よくご無事で……」

「船団長……偵察からの情報によると、西の森の部隊もほぼ全滅かと……」

小屋についたリーシャの元に、次々ともたらされる報告を彼女は硬い表情のまま黙って聞いていた。

ひと通りの報告を聞き終えると、リーシャは団員たちに島の拠点を巡回するように命令を出し、中でも廃棄してしまったような古い拠点を中心に見直すように命じた。

「なぁなぁ姉ちゃん、なんでそんなとこを調べてんだぁ？」

ビィが遠慮なしに尋ねた。

指示の邪魔をしてはと慌てた僕たちだったけれど、どうやらリーシャは指示を出し終えたようで、僕たちのほうに向き直って口を開いた。

「本部を制圧されてしまった以上、新しい拠点の場所は帝国側に知られてしまっていると思ったほうがいいですから」

元帝国軍中尉だったカタリナが頷いた。妥当な判断、ということのようだ。

「態勢を立て直すには、彼らも知らない拠点を利用するしかありません。アマルティア島は現在ほぼ……エルステ帝国の占領下にあります……」

「けど、港には帝国の艇、なかったわよね？」

イオの問いかけにラカムが答える。

「前と同じように島の反対側に着けたんじゃねえか？」

「見張ってなかったの？」

イオの辛辣な指摘に団員たちの顔が歪む。

「警戒はしていたのですが……」

「強行突破されたってことか。全空に知られた《秩序の騎空団》相手にそこまでやるってこたぁ、あいつらも本気ってことだな」

オイゲンが唸った。

「確かに黒騎士を罠に嵌め、あまつさえ謀殺しようとしたんだ。碧の騎士が率いる《秩序の騎空団》も敵になると見なしてもおかしくはないが……」

だが、カタリナのその言葉にはリーシャは首を横に振った。

「七曜の騎士は、必ずしもそれほどの連帯感のある集まりではありません」

「なに？」

「彼らはそれぞれ独立した騎士なのです。私の父も、帝国に黒騎士が告発されたときも特に何も言ってきませんでしたし……」

リーシャの父は碧の騎士ヴァルフリートだ。

「では、ますます判らないいな。それに待て。確かに船団長のリーシャ殿は我々と共にいたが、それもこの島にはモニカ殿が残っていたからのはず。彼女は、黒騎士相手に互角に立ち回った御仁だと言っていたが……」

「そのあたりも確認しました。確かに第四騎空艇団はモニカさんを指揮官に応戦したんです……しかし……」

「負けた、ってのか」

ラカムが言った。

「私も報告を聞いたときは耳を疑いましたが……現在、モニカさんは第四庁舎の牢に囚われているようです」

「その説明は私から……」

一人の年配の騎空士が話に割り込んできた。ドラフ族の男だ。いきなり割り込んできたのにリーシャが話を続けるように促した。どうやら団の中でも古株のようだ。

「帝国の指揮官が問題だったのです……その……」

言い出した割には言いあぐね、ちらちらとリーシャを窺う男に、リーシャは「続けてください。この方たちは信用に足る人物です」と言った。

「はい……帝国の指揮官がガンダルヴァだったのです。彼は以前、この《秩序の騎空団》で、船団長を務めていた男なのです……」

元船団長……！

その説明に僕たちは全員がごくりと唾を呑んだ。まさか、と思ったのだ。

「ガンダルヴァ……それは本当ですか？　私が入団した頃には、既にあの人物は団を追放されていましたが……」

「はい。間違いありません。帝国軍中将を名乗っていました」

「そのガンダルヴァってのは強いわけ？」

イオが尋ねた。

「そう……ですね。モニカさんにも勝るほどの圧倒的な実力を持っていた、と資料には。ただ、その粗暴さと傲慢さから、懲罰の対象となり、しかるに従わず……碧の騎士との決闘の末、団を追放され、島から姿を消したんです」

「そいつが今度は帝国の中将になって、島に戻ってきたってわけか……てぇことは意趣返しってことかよ」

「それは単純に過ぎるだろう。いやしくも相手は帝国軍中将だ」

カタリナが言った。

確かに帝国軍中将ともあろう人物が、私怨で軍を動かさないだろう。それでは部下が付いてこない。何か理由があるはずだ。

「で、嬢ちゃんはどうするつもりなんだ？」

オイゲンがリーシャに尋ね、その問いかけに部屋の中にいた全員（僕たちだけでなく、《秩序の騎空団》の団員たちも）が固唾を呑んだ。

「まずはモニカさんの奪還です。第四庁舎を奪い返し、モニカさんを解放します！」

「おおッ！」

秩序の騎空団の団員たちが思わず声をあげる。

彼らにとってもモニカは大切な人物として認識されているようだ。もちろん戦力的に考えても、一人で七曜の騎士と張り合えるだけの駒を敵陣に置いたままで戦いを進めるようでは勝ち筋が見えてこない。

「グラン……」

ルリアが僕を見つめてくる――判っている。

ビィはもちろん、カタリナ、ラカム、イオ、オイゲンにも視線を合わせ、彼らの意思も確認した。

「リーシャさん、僕たちにもその作戦、手伝わせてください」

「えっ……」

「まぁ、この事態が解決しないことには、私たちの目的も達成できないからな」

カタリナが言葉を添える。

「……確かに資料庫は第四庁舎にありますが……」

「じゃあ、決まりだ。俺たちはあんたたちに手を貸す、あんたたちは俺たちの情報収集に協力する。それで構わねぇな？」

「あ、ありがとうございます！」

ラカムが言って、僕たちは全員が頷いた。

「礼を言うのは早いぜ、嬢ちゃん。で、具体的に作戦はどうする？」

「それは……」

リーシャが己の考えた作戦を語り始めた……。

3

《秩序の騎空団》第四騎空艇団の本部が置かれている第四庁舎——。

帝国中将ガンダルヴァは、街並みを見下ろしながら大通りへの階段を降りる。

「なぁ、おい、見ろよ」

傍らを歩く部下に言った。

「は。も、申し訳ありません、中将閣下。どちらのことを……」

「これだよ、これ」

階段の手すりに施された見事な彫刻を指さす。《秩序の騎空団》の制帽に付けられた紋章と同じ模様だ。細い線まで彫り込まれていて、職人の手による御業だった。

「は、はぁ……見事な彫刻ですね」

「ははっ、だろ？　オレ様も騎空士だった頃から、そう思っててなぁ……」

懐かしそうに手を伸ばすと、ガンダルヴァはおもむろに彫刻を掴み——自らの手で粉々に砕いた。

「だから……気に喰わなかったんだよ」

「は……？」

怯えを声に滲ませながら部下は一歩下がった。ばかな、と彼は思う。ガンダルヴァが砕いた彫刻は石造りのもので、石の手すりから直に彫り起こしたものだ。つまり、後から取りつけたものではない。いくらドラフ族とはいえ片手で砕けるはずが……。

「力こそが秩序だ……力こそが支配者……力こそが世界の真理だ……」

「か、閣下……」

「どんなに見事な秩序も、どんなに完璧な正論も、力の前じゃ、ぶっ潰されるしかねぇ……それは力を持ってる奴自身が、誰より一番よく知ってるはずだ……だってのにあのクソ野郎は……！　ああ。思い出すだけでイラつくぜ……今度こそあの野郎のスカした面に、全力の一発を叩き込んでやる！」

ガンダルヴァはぎりっと手を握りしめる。

手の中で石の彫刻の欠片が砕けて塵となった。

「せいぜい首を洗って待ってろ……ヴァルフリート！」

吼える帝国軍中将を一歩下がったところから見つめながら、部下である帝国兵は考えていた。

帝国の今後の作戦の邪魔となる勢力の排除。そう作戦任務を聞かされていたはずなのだが……。

足下に砕け散った彫刻を見つめる。

彼が信じている帝国の輝かしい未来と、足下で砕け散った石の欠片が、どうにも重なり合って見えてしまって仕方がなかった。

4

準帝国最高速艇――指令室。

帝国宰相フリーシア・フォン・ビスマルクは苛立たしげに爪を噛みながら、帝都への空を駆けていた。

「そんな……バカなことが」

手元の指令書に視線を落とした。

だが、何度見てもその書類のしかるべきところにはしかるべき印が押してある。

エルステ帝国皇帝の印章が――。

ありえない。

皇帝の印章は皇帝にしか使えないものなのだ。フリーシアでさえ、皇帝代行として振る舞うのが精々であって、この印章を利用できなかったのに……。

いったい誰が……。

指令室の隅に控えている腹心の部下にもう一度だけ確認する。

「ガンダルヴァの軍は確かにアマルティアへと向かったのですね？」

「はい」

「目的は《秩序の騎空団》の拠点を帝国のものとすること」

「はい。作戦の全容はごく一握りの者だけに明かされたらしく、我々も直前まで掴むことができませんでした」

ダン！　と卓を叩く音があがる。

びくりと部下が身を竦ませる。

「私は誰だ！　言ってみろ！」

首を竦めた部下がおそるおそる口にする。

「エルステ帝国宰相、フリーシア・フォン・ビスマルク閣下です……」

「いまエルステ帝国の全権を握っているのは、この私です！」

「は、はい。もちろんです！」

だが――。

それならば、この指令書はどういうことだ？

書類には、ガンダルヴァの軍にアマルティア島へと進軍するよう指示されており、それは皇帝の勅令だと記されている。

「こんなことはありえません……！」

「皇帝陛下の御心として些か腑に落ちないところがあるのは確かですが……」

弱々しく同意してくる部下に対してフリーシアは首を横に振った。

――違う。そういうことじゃない。

――皇帝陛下が直々に勅令を下す。それ自体がありえない……。

――居るように振る舞っていただけで、いまエルステ帝国に皇帝は存在しない……。

フリーシアは十年を掛けて今の状態を作り出したのだ。

エルステ王国であの星晶獣絡みの事故が起きたときから、ずっと思い描いていた計画だった。

帝国の基礎となったエルステ王国の女王とその夫が事故で亡くなり、娘のオルキスの魂が失われた段階で実際には王家の血筋は絶えていた。

居るはずのない架空の皇帝を見つけたと言い張り即位させ、帝国を誕生させて、宰相として全ての権力を手にする。その計画は信じられないほど上手くいった。

フリーシアの執念の成果だ。

だが、そこまでしてでもフリーシアには実現せねばならない未来があったのだ。

いや、過去か。

どちらにせよ、その計画に邪魔が入りつつある。

突き止めなければならない。

フリーシアが帝都アガスティアを離れている間に、いったい何が起きて、誰が皇帝を名乗ったのか……。

「ガンダルヴァはいかがしますか、閣下」

「放(ほう)っておきなさい」

「……は？」

「今はそれどころではありません。それに確かに《秩序の騎空団》の役割はもう終わりました。舞台から退場させてしまっても良いでしょう。ガンダルヴァにそれが可能ならば、ですが……」

昏(くら)い瞳(ひとみ)で虚空を見つめながらフリーシアは言った。

少しずつ誰の歯車も狂いつつある。

そんな気がしてならなかった。

5

街外れの森にある一軒の小さな小屋だった——《秩序の騎空団》の古い拠点。

小屋の一室に集まった僕たちはリーシャの作戦を聞き終えると、質問を繰り返し、細部を煮詰めていった。

半刻ほどで詳細の検討を終える。

「リーシャ殿、本当にこの作戦でいいんだな？」

「はい……きっとこれが、いまの私たちにできる最善の作戦ですから」

カタリナの確認にリーシャが応えた。

「なんつーか大胆な作戦だよな……なのに理に適ってるっつーか……」

「いいじゃねぇか。オレぁ良い作戦だと思うぜ！　少なくともオレは嫌いじゃねぇ！」

ラカムとオイゲンは楽しそうに言った。

「あたしもそう思うわ！　それになんてったって、すっごく判りやすいもの！」

「ふふ……なんだかすごく、リーシャさんらしいな、って。そう思います」

みなが口々に賛成するので、リーシャは自信を持ったようだった。

「ありがとうございます！」

※

リーシャの作戦はシンプルだが大胆だった。

初めに帝国軍の見張りがもっとも集中している第四庁舎の近く、巡回中の兵士の前に少数の手勢を引き連れただけのリーシャが姿を現す。

集まってきた帝国兵たちはリーシャたちを取り囲み、一部は中将ガンダルヴァへと注進に走る。

報告を聞いたガンダルヴァが即座にリーシャを捕まえるべく自ら動くと言い放った。

だが――。

「判りました、では、部隊の主力もそちらへ！」

部下の提言を聞くと、にやりと笑みを浮かべたのだ。

「いや、そいつぁいい」

不敵な笑みを浮かべつつ、同時に部下たちに、誰一人として第四庁舎の持ち場を離れるな、と言い残した。

「悪ぃが、穴を作ってやるつもりはねぇぜ……陽動しておいて、人質の奪還を狙う。そんなところだろうが……」

　ガンダルヴァはリーシャの作戦を読み切っていた。

※

　僕たちの「目」であるビィが真っ先に気づいた。

　上空から合図をしてくる。

「すっげぇ、ごっついおっさんが来たぜ！」

「来たか！」

　オイゲンが嬉しそうだった。

　イオが呆れた顔をする。

「オイゲンって、意外と強い相手とかと戦うの好きよね」

「おお。そいつぁ、男なら誰だってそうだろうよ！」

「おい、おっさん、しれっと俺を混ぜねえでくれ」

　ラカムが言った。彼は最後は銃より舵輪を選びそうな性格なのは間違いない。

　帝国兵たちの輪を抜けて、ドラフの偉丈夫が現れた。

こいつか、と僕は直感で悟った。

ドラフの男に対するように、こちらもリーシャが前に出る。

「ガンダルヴァ！　貴様、この島に何をしに戻ってきた！」

「おお、ちょうどその話をしようと思ってな。それでお前を探してたんだよ」

飄々とした口調で言った。

「なんだと？」

訝しむリーシャに、彼女を捕まえようという理由を自ら語り始めた。

「なあ、ちょいと取引しねぇか？　悪い話じゃねぇからよ。オレ様の目的はたった一つ、あのクソ野郎……ヴァルフリートとの再戦だ」

「父さんとの……再戦？」

「ああ。けどまぁ、なかなか捉まらなくてな。あくせく追い回すのも、オレ様の性に合わねぇ。そこでだ！　あのクソ野郎も、一応、人の子だってのを思い出してな。流石のヴァルフリートも、娘を人質にされりゃあ、向こうから出てきてくれるだろ」

そう一気に捲し立てると、どうだ？　と促してくる。

意外な言葉に呆然となったのはリーシャのほうだった。

「私に人質になれと……？」

「その通りだ！　正直、帝国も《秩序の騎空団》も、オレ様にとっちゃ意味はねぇ。お前が人質になってくれるなら、兵たちは島から引き揚げさせるし、モニカも解放してやるよ」


ざわっと周りの帝国兵たちがざわめいた。

それはそうだろう。自分たちの任務を上官から「意味がない」と言われたのだ。


「貴様……正気か」

「もちろん」

「父さんと戦うためだけに、それだけのためにアマルティアに進軍し、街を焼き払い、人質を取ったと……」

「おかしいか？」

「当たり前だ！　貴様は狂ってる！」

「はッ！　それがどうしたよ！　それより、交渉は決裂ってことでいいのか？」


言いながら、ガンダルヴァが左右に視線を走らせた。

リーシャの周りに僕たちしかいないことを確認すると、嘲るように言う。

「いつもの騎空士どもはどうした？　そこにいるのは例の手配犯の連中だけだろ？　なぁ、お前の子飼いの部下どもはどうしたよ？」

リーシャは答えない。

「大将が自ら囮になった、ってところか。今頃残りは第四庁舎へ、だろ？　だが、悪いが、あそこには兵を残らず置いてきた。残党の騎空士程度が奪還できる数じゃねえぞ？　残念だったなぁ！」

「そうですか……それは大いに結構です」

「なに……？」

嘲るような目つきだったガンダルヴァがリーシャを睨んだ。

「つまり、報告を受けてから、私たちの元にやってきたのは、貴方だけということですね……」

リーシャが言った瞬間、僕は上空のビィを見た。

ビィが手信号で伝えてくる。

ほかに、てきは、いない。

リーシャに伝えると、彼女は頷いた。

「少数の手勢だけで現れれば別動隊が本命を狙う、そう即座に読んだのは慧眼です、ガンダルヴァ」

「わざとらしい世辞はやめろ。なにを企んでやがる」

「……確かに、ここにいるのは、私とグランたちの騎空団だけ。他の皆さんには別動隊として動いてもらいました。ただし……彼らが向かったのは第四庁舎ではありません」

「なん……だと？」

「彼らは……ここに、私たちと一緒にいます」

リーシャが片手を上げるると、それを合図に、僕たちを取り巻く帝国兵のさらに外側をぐるりと取りまくようにして別動隊が姿を現した。

「ちゅ、中将！」

帝国兵たちが慌てていた。巡回兵にわずかな兵を足しただけの足止め部隊だったのだ。ガンダルヴァ以外はほぼ居ないも同然の戦力だった。

「ほぉ……」

「私たちが少数で姿を現せば、別動隊が組織されている、と考えるでしょう。そして、その場合の定石は多数派が本命を狙う。つまり、モニカさんの奪還を……と読むだろうと読みました。これに対する貴方の応手は、本隊をすべて第四庁舎に置いたままにすること」

「あたりだ」

「噂（うわさ）通りの貴方なら、少数の私たちを一人で相手にできますから。ですが……私たちにとっての本命は最初から貴方のほうだったんです、ガンダルヴァ！　全戦力をもって貴方を叩くこと！　貴方さえ居なければ人質の奪還も容易い！」

「上出来だッ！　だがな！　この程度の全戦力でオレ様を倒せると思ってんのか！」

ガンダルヴァが吼えて、戦いが始まった。

6

僕たちを囲んでいた帝国兵たちは、《秩序の騎空団》の最初の一撃であっけなく倒された。

魔法部隊による魔法の一斉攻撃により、戦うだけの余力を残した兵力はいなくなった。

残るはガンダルヴァ独り。

魔法の弾幕が晴れ上がったときを合図に、今度は武器による攻撃が始まる。

それもリーシャの合図による統制のとれた一撃の繰り返しだ。《秩序の騎空団》の団員たちは、全員が武器の属性の力を利用した攻撃だけを繰り返した。

近寄らずに遠方から叩き込む。

ラカムとオイゲンの長銃による攻撃も彼らと合図を共にしている。

さらに、それを支援するように魔法部隊が魔法をかける。武器の威力を強化する魔法であったり、敵の力を削ぐようなものだ。

騎空士同士の集団戦では、いかに自分たちの力だけを強め、相手の力を削ぎ落とすかが重要だった。相手はガンダルヴァ独りだったが。

「ルリア！」

「は、はい……お願い、来て！」

ルリアの祈りに応え、目の前の空間が揺らいだ――熱だ。高熱によって空気が歪んで見えている。

陽炎の立ち昇る路上に機械の巨人が現れた。

《コロッサス》――フレイメル島に眠る星晶獣！

「よ、呼べました！」

召喚しているのが本体ではないと聞いたときに、その可能性はルリアと話し合っていた。《クシャスラ・ワークス》に眠る巨人がもしまだ生きているのだとしたら……こういうことも可能だと。

ヲヲヲヲ！

　機械の巨人が真っ赤な刃の剣を力任せに振った。

　フレイメル島の火の山もかくやという炎の舌が石畳に黒い焦げを造りながらまっすぐにガンダルヴァへと向かう。ぶつかって、真っ赤な火柱をあげた！

《コロッサス》の身体が陽炎に揺らぎ、そのままゆっくりと姿を消した。

　還ったのだ。

「いいぞ、ルリア！　よし、これで、どうだ……？」

　ラカムが言った。

「ちょっとやりすぎちゃったかも……」

　イオの言葉が終わる前に、嗤い声が聞こえた。

「ん？　終わりか？」

　ガンダルヴァがどこにも傷一つ付いた様子もなく立っていた。

「おいおい……なんて奴だ、こいつぁよ……」

「信じられません……」

　リーシャが呆然とした声で言った。

「で、オレ様の番か？　おい」

　ガンダルヴァがにやりと嗤った。

「くっ、グラン！　行くぞ！」

「はい！」

　カタリナの合図で僕たちはガンダルヴァの元へと走る。

　元々近接戦は僕らに任されていた。

　それは主にガンダルヴァの足を止めることが狙いだ。自在に動き回られては、集中砲火も意味がなくなる。

　だが、目の前で、ふっ、と彼の姿が消えた。

　――えっ？

「グラン、右だ！」

　カタリナの声に咄嗟に僕は右に剣を振る。当たった！　何に当たったのかは判らなかったけれど、固い、しびれるような手応えを感じたのだ。

「やるじゃねえか」

　低い声が聞こえた。ぞっと背筋が冷たくなる。

「じゃあ、こいつはどうだ」

　ぶん、と繰り出してきたのは剣でもなく、それどころか武器でさえなかった。

素手だ。

「ぐっ！」

「グラン！」

駆け寄ってくるカタリナの気配。

「だ、だめだ、カタリナさん！」

「威勢がいいねえ……」

声と同時にカタリナが吹っ飛ばされた。ガンダルヴァが鞘に収まったままの剣を抱えている。

まさか、剣を抜かずに……？

「グラン！　カタリナ！」

ルリアの悲鳴のような声。

圧倒的な実力の差だった。

一瞬で僕もカタリナも無力化されていた。石畳に転がっている。

「つまらねえな……。まあいい。オレ様の相手はヴァルフリートだ。娘のお前なんざ前座にもならねえ。どこの馬の骨とも判らねえ手配犯の騎空士なんて味方に付けてもだ。そいつらは人質にもならねえから、このまま死んでもらうぜ。なに、そこの青い髪の女だけ届けりゃいいんだ」

ガンダルヴァが言った。

ルリアを連れて行く、と宣言する。

それなのに、僕は倒されたまま起き上がることもできないのだ。

ここで僕の旅は終わるのか。星の島まで辿りついたという父さんのようには成れないのだろうか。ノアやロゼッタの顔が浮かんだ。もう彼らにも会えない。父のことを知っていると言ったノアに、聞いてみたかった。

父はどうして僕を置いていったんだろう。それでいて、待っていると手紙をよこしたのは何故だろう。待っていて、くれるんだろうか。今も。僕が辿りつけると信じて……。

でも力が入らないんだ。

「グーラーン――――！」

ああ、ビィの声が聞こえる。でも、動かないんだ。それどころか、全身の骨が砕けてしまったかと思うような痛みが……痛み？　僕が苦痛を感じているということは――。

はっとなる。僕は身体を少しだけ捻って背後を見た。

うずくまっている。

何かにこらえるような必死の顔をして、でも、彼女は何も言わずに顔をあげた。

視線が合う。

グ……ラ……ン……。

声が聞こえる。僕の魂の半分。彼女と僕は繋がっているんだ。僕の痛みを自分のことのように感じている。それでも――。

たっ……て……。

ああ、声が聞こえる……。

「さあて、じゃあ、もう一度聞くぜ、リーシャ。おとなしく人質になってくれるよな？所詮、おまえさん程度の力じゃオレ様に相対する資格はねえ。何も守れやしねえんだ。あの野郎にはまだまだ及ばねえ……」

「あ……」

リーシャが声を詰まらせる。

だが、彼女は首を強く振った。

「誰かを護るために資格なんていらないんです……」

「なに……？」

「私は確かに父さんのような英雄じゃない……父さんやモニカさんみたいな。圧倒的な力も持ってない……けど！　だけど、仲間を助けると……仲間を護ると誓ったのは父さんじゃない、モニカさんでもない、他でもない私自身なんだ！」

リーシャの声が聞こえた。

かっと全身が熱くなる。今の声を聞いたか、と自分の心が言っている。

そうだ。僕だって誓ったじゃないか。


ルリア。

君を護ると。


跳ね起きた。

力が戻っていた。全身を襲う苦痛は相変わらず続いていたけれど、もうそんなことは気にならない。

リーシャの脇に並ぶ。リーシャが吠えた。

「勝負だ、ガンダルヴァ！」

僕も剣を構え直す。

「お前の好きにはさせない！」

「おお、やってみやがれ。てめえらなんぞに……」

リーシャが剣を振りかぶった。

「行きます！」

僕も彼女と同時に動く。

彼女の剣は風を巻いてガンダルヴァに襲い掛かり、ガンダルヴァは、それまで鞘から抜いたことのない剣を初めて抜いた。鞘では受けきれないと判断したんだろう。

鋼同士がぶつかる硬い音が響く。

「ふっ……」

ガンダルヴァはリーシャの一撃には耐えた。

だが、同時に打ち込む一瞬、僕は彼女とまったく同じ軌道で振っていた剣を直前で捻っていた。

「なんだと⁉」

ガンダルヴァの顔が驚愕に歪む。

僕の剣はガンダルヴァの胴を薙ぐように宙を滑ったが――。

「うおおお！」

躱された⁉

驚くべき反射で、ガンダルヴァは僕の剣の軌道から身体を捩じって避けてみせた。

剣は彼の制服の袖を切り裂いただけで終わった。

「くっ……！」

そのまま僕は倒れた。

「グラン！」

ルリア！　来ちゃだめだ！　くそっ、なんとかもう一太刀……。

けれど、最後の一撃を躱された僕には、今度こそもう立ち上がる力も残っていなかったんだ。

「くく……こりゃすげえ。オレ様に剣を抜かせただけじゃなく、斬ってみせるとはな。おもしれぇ奴がいるじゃねえか……」

ガンダルヴァの声が聞こえた。

「もう少し泳がせてやる。もっと大きくなって来い。オレを楽しませてみろ」

遠ざかる声を聞きながら、僕はとうとう意識を手放した。

7

《秩序の騎空団》第四騎空艇団資料庫——。

僕たちは資料の山に埋もれるようにしながら、ビィに関する文献（ぶんけん）を探していた。

あの後――。

ガンダルヴァは剣を収め背中を見せて立ち去ったが、誰も追撃をしようとはしなかった。できなかったのだ。

『剣は収めていたが、あの男に隙（すき）などなかった。おそらく切りかかったりすれば、殺されていたのはこっちのほうだったろう』

カタリナが言った。

『あいつは返してやる』

去り際にガンダルヴァはそう言い残したそうだ。

ガンダルヴァと共に帝国兵たちが立ち去るのを、リーシャたち《秩序の騎空団》の団員は黙って見送るしかなかった。

あいつ、というのが誰を指すのか……そのときは判らなかったが、ほどなくして言葉の意味は明らかになった。

帝国軍は時を置かずしてアマルティア島を去ったのだ。モニカをはじめ、人質たちは解放された。

『作戦的にはこちらの完敗だったのにも拘（かか）わらず、です。本当は喜ぶべきなのでしょうが……』

リーシャはそう言って唇を嚙み締めた。

帝国としては引く理由はなかったはずだ。

だが、ガンダルヴァの気まぐれ（そうとしか思えなかった）によって、アマルティア島は《秩序の騎空団》の手に戻ったのだった。

僕が目覚めたときには、街では既に復興が始まっていた。

帝国戦艦の砲撃によって崩れた建物の瓦礫は取り除けられ、負傷者の手当が行われていた。全滅した部隊もあるのだ。損害は決して軽くはなかったが、隣人の喪失を嘆いても彼らは帰ってこない。

『これは帝国による秩序の一方的な破壊だ。公正な裁きの場に引きずり出して、償いはさせる、必ずな』

目の端に光るものを浮かべながら、失った団員たちの名を連ねた簡易の碑を前にして、モニカが唇を嚙み締めて誓っていた。

そして、その頃にはファータ・グランデの各地に散っていた《秩序の騎空団》の騎空艇も続々と島に戻りつつあった。本拠地の護りは固められつつあり、次に帝国軍が攻めてきたとしても、今度は簡単には占領されたりしないだろう。

これまでは《秩序の騎空団》は、国家間の対立、特に帝国の版図拡大政策に対しては中立の立場を取ってきた。だが、帝国によるアマルティア島への今回の侵攻に、断固として抗議する、と声明を出したという。

ファータ・グランデ空域の勢力図が変わりつつあった。

きな臭い匂いの漂い始めた空の世界。だが、僕たちがとりあえず取り組んだのは、第四庁舎にある《秩序の騎空団》の資料庫漁りだった。

ロゼッタが別れ際に伝えてきたこと。

その謎を探るために。

『あの子を救う力が、貴方たちにはあるの……あの子は、貴方たちしか救うことができない……お願いね……ビィ君』

だが、ビィには思い当たる節がないという。

記憶を失っているビィの過去に手掛かりがあるのかもしれない。僕たちがそう考えた根拠なんて、本当にかすかな希望でしかなかったけれど、かといって他に頼る当てもなく縋る根拠もなく……。

しかし、空域を跨って集められた膨大な資料の中から手掛かりを探す作業は、困難を極めたんだ。僕らは丸一日を費やして資料庫を漁ったのに、目ぼしい記録には当たらなかった。

「ふう……」

閉じた書類の束から顔をあげ、僕は息を吐いた。

目の奥が痛い。小さな文字を朝から読み続けて頭が痛くなってきた。

そのとき、資料庫の奥から僕を呼ぶ声が聞こえた。

「グランさんっ！　これ……！」

リーシャの声だ。

彼女は日誌のように見える一冊を食い入るように見つめていた。

8

ビィが真っ先に飛んでいった。

「おう！　どうしたリーシャ！　何か見つかったか？」

「あ……」

少しだけ呆然とした顔になっていたリーシャだけど、すぐに顔を引き締めると、僕たちに向かって手にしていた日誌を差し出してきた。

「えと……こ、これです！」

「んん？　リーシャ、いま……なんかページ破んなかったか？」

「い、いえ！　紙が擦れた音か何かじゃないですか？　そ、それにほら！　この日誌、ずいぶん前に、前半のほうが破られてるみたいなんです」

「うげっ……なんだこりゃ？　確かに前のほうのページが、ごっそり無くなってるじゃねーか……」

手渡された一冊を見たけれど、確かにビィの言うとおりだった。冊子の前のほうが力任せに無理矢理引き千切られたかのようになっている。

リーシャがページのとある部分を指差した。

「ここです、ここ。この『小さな赤き竜』って、これ、ビィくんのことじゃないですか？」

「おっ！　どれどれ、ついに見つかったのか？」

ラカムが割り込んできた。

「すごいじゃないリーシャ！　見せて見せて！　何が書いてあるの？」

イオも顔を突っ込んでくる。

僕たちは日誌の該当部分に目を通した。代表して僕が読み上げる。

「ええと、『小さな赤き竜』は人語を解す特異な存在……その出自は不明だが、星晶獣、ひいては星の力を抑える特殊な能力を持ち……」

「なるほど、確かに『星の力を抑える』って書いてあるな。暴走してる魔晶の力も、要は星の力の一種なんだろ」

ラカムが言って、カタリナが頷く。

「そうだ。だから、星の力を抑えることができるならば、ユグドラシルの暴走を抑えられる可能性はあるのかもしれない」

「ってことは、こいつがロゼッタの言ってた、ユグドラシルを救う力ってやつか……」

「それを持ってるのが、このトカゲだってゆーの？」

イオが疑念を滲ませた声で言った。

「だから、オイラはトカゲじゃねーっての！」

「じゃあ、竜なの？」

「うぇ？」

言われた途端にたじろぐのだから、ビィ自身は自分のことをどう思っているんだろう?

「オイラ……ほんとうに竜、だよな?」

「知らないわよ!」

「いやでもさ、うーん……」

ビィの姿形は羽の生えたトカゲに近い。だからこそ、ザンクティンゼルの人たちも僕も羽根(はね)トカゲと呼んでいたのだし。ただ、本当にトカゲと思っていたわけでもない。

だって、しゃべるトカゲなんて見たことがない。

そもそも、この日誌にもある『人語を解する』ことができる種族というのが、空の世界では珍しい。ヒトとして扱われているヒューマン、ドラフ、エルーン、ハーヴィンを除けば極めて少ないのだ。

その一方で、僕らがビィを竜と断言できなかったのにも、また理由がある。

「けどよ、ビィが本当にその『赤き竜』だってんなら、ちぃとばかり……」

オイゲンが言って、イオが頷く。

「小さすぎない?」

そうなのだ。ビィの身体の大きさは僕と出会った頃から変わっていない。片腕で抱けるほどの大きさ。幾ら竜が長命種だからといって、十五年も大きさが変わらないといういたことがなかった。成長してもこのままである可能性が高い。そんな小さな竜（ポケットドラゴン）がいるという話も聞いたことがなかった。

「赤い竜ってだけじゃなぁ」

「他にいるかもしれないし」

僕も同意見だった。

「それに……この日誌の持ち主のヴァルフリートさんって、リーシャさんのお父さんなんですよね？　碧の騎士ヴァルフリート。七曜の騎士であり、《秩序の騎空団》の団長……そのひとがどうして日誌にビィのことを書いているんでしょう？」

「私もそこは判らないですけど……でも父も、若い頃は騎空士として空を旅していたと聞いています」

「リーシャさんは、失礼ですけど……」

「二十一になります」

「ということは、この日誌は二十年以上前……」

僕が生まれるよりもさらに数年前ということだ。

「まあ、この古び方からいって、それくらいは経（た）っているだろう……む？」

日誌の続きを読んでいたカタリナの目つきが変わった。

「ここを読んでみてくれ。これはビィ君のことである可能性が高いぞ」

「「えっ⁉」」

全員の視線がカタリナの指先に集まった。

該当する箇所には、簡単だが、こう記されているのが読めた。


『「小さな赤き竜」の能力は、ザンクティンゼルに封印されている』


「このザンクティンゼルは君の故郷の島のことだな？」

「はい」

僕は食い入るようにそのページを見つめていた。

碧の騎士の日誌に僕の故郷の名前が……。

「ザンクティンゼルの小さな赤き竜……君の故郷には、他にも赤い竜の伝説は残っているか？」

僕は首を振った。そもそも、竜というのはそんな何処でも見かけるようなありふれた存在ではない。出会うことさえ稀(まれ)な存在なのだ。

「では、やはり『小さな赤き竜』がビィ君を指している可能性は高い。問題はその能力が封印されているということだが……」

「使えないってこと？」

イオが問いかけた。

「そうなるな。封印を解く必要があるということだ」

「オイラだって、自分にそんな力があるなんて知らなかったもんなぁ……」

「ううむ。判らないが……その封印に君の父上が関係している可能性が高いな」

「僕の⁉」

ラカムがなるほどと指を鳴らした。

「ビィはグランの親父さんが連れてきたって言ってたよな。てことは、そもそもビィは他の島の出身なわけだ。ザンクティンゼルに封印って書かれてる段階で、連れてこられて以降じゃねえと確かに理屈に合わねえな」

相変わらずラカムの頭の回転は早かった。僕は付いていけずに混乱してしまう。

「で、でも、僕はずっとビィと一緒で」

「だから、封印が行われたのは、連れてこられてすぐ、ってことになるだろ？」

ラカムが言って、あ、と僕らは全員が同時に気づいた。

ビィがザンクティンゼルに連れて来られてからで、僕が覚えていないってことは、その時期は父がビィを連れてきた直後でしかありえない。ならば、僕の父が封印について知らないほうがむしろ不自然だ。

そういうことか。

カタリナは僕の父が封印した可能性さえ考えられると言った。

「ロゼッタが何故それを知っていたのかは判らないが……ビィ君には星の力を抑える能力があり、それはザンクティンゼルに封印されている、ということになる」

「封印……それを解けば……」

「ビィ君はユグドラシルの暴走を抑えることができる」

「オイラの封印が解ければ……」

ビィが身体をわずかに震わせた。

「でも、もしその封印ってのを親父さんがしたんだとしたら、なんだってオイラにそんな封印をしたんだ？　オイラたち、その封印を解いてもいいもんなのか……？」

「それは判らないけど……」

「まあでも、ようやく前進だな！　そのザンクティンゼルに行きゃあ、間違いなく、何かが摑める」

ラカムが言ったときだ。

資料庫の扉が叩かれ、小さな女性の姿が見えた。モニカだ。

「取り込んでいるところを済まない。面会の申込みだ」

「面会……ですか？」

リーシャが首を傾げた。

「ああ、いや、リーシャじゃない。そっちの騎空団のほうだ。もう少し待てと言っても聞かなくてな……」

そういうモニカの背後から声が追い越してくる。

「やぁやぁやぁ！　お久しぶりだねぇ！　元気にしてた？」

無駄に明るく陽気な声でそう言いながら入ってきた青い髪のエルーン族の男と、その隣に始終無口でしかめっ面をした赤い髪のドラフ族の女――。

カタリナが驚いた。

「お前たちは……！」

「また厄介なのが現れたわね……」

イオが口を尖らせる。

「ドランクさん、スツルムさん！」

ルリアが懐かしそうに言った。

黒騎士の雇っている傭兵コンビ、ドランク＆スツルムだった。

9

ドランクとスツルムはグランサイファーへの乗艇を希望してきた。

理由は「黒騎士を助けたいから」だという。時間を惜しむ僕たちは、ドランクとスツルムの言葉を信用することにした。オルキスが彼らを信用したいと言った為もある。

ルーマシー群島ではぐれてしまった黒騎士だが、島に残っているか、それとも帝国に囚われてしまったかは不明だった。だが、どのみち帝国軍はルーマシー群島に留まっているはずだ。

彼らが目覚めさせようとした謎の星晶獣アーカーシャ。

その目論見は失敗したのだから。

帝国はルーマシー群島を奪還しようとしていたが、星晶獣であることを明かしたロゼッタがルーマシー群島とユグドラシルを護ってくれている――今はまだ。

グランサイファーには、リーシャも再び乗り込んできた。

《秩序の騎空団》の船団長の役を一時的にモニカへと返し、リーシャは僕たちとザンクティンゼルへの旅を共にしてくれた。唯一の手掛かりである日誌がリーシャの父のものだった為もあるだろう。《秩序の騎空団》としても、「星の力を抑える存在」には重大な関心を持たざるを得ないのだ。しかも、その手掛かりを残したのが自分たち《秩序の騎空団》の団長なのだから……。

故郷からの旅路を今度は逆に辿ってゆく。

間に寄る浮島は可能な限り減らし、補給の為だけにした。水と食料、それに燃料。積み下ろしは船着き場の係りに任せず、全員が手伝う。よろず屋シェロにも何度かお世話になった——顔馴染みの彼女の店は、どの島にも出張店があったのだ。

それでも幾つもの昼と夜を越えなければ辿りつけない。改めて自分たちの旅の長さを噛み締めてしまう。まさかこんなに早く戻ることになるとは思わなかったけれど。

「おう、グラン」

声を掛けられ、僕は顔をあげた。

操舵室の前方をぐるっと囲む硝子窓の向こうの青い空に、遂に小さな島が見えた——ザンクティンゼルだ。

舵輪を操りながらラカムが言ってくる。

「そろそろ着くけどよ、ビィのやつ、どこ行ったんだ？　ちょいと気流が荒れてるみたいだから、もし甲板にいたら吹っ飛んじまうぞ」

言われて僕は操舵室のなかを首を巡らせた。

確かにビィが戻ってきていない。

オイゲンとカタリナも居ないが、彼らは下層の倉庫を見に行くと言っていた。もう戻ってくる頃だろう。

「連れてきます」

「おう、頼むわ」

「おまえは……団長になったんじゃないのか？」

艇長席を離れる僕に、スツルムが首を傾げながら言った。

「この団はあまりそういうことを気にしないので」

そう言い残して僕は操舵室を出る。

少し遅れてルリアが後を付いてきた。

甲板に降りてから見回すと、ビィが舳先のほうで彼方の島をぼうっと見つめていた。

「ビィさん、大丈夫ですか？　何か元気がないです」

ルリアが心配そうに尋ねる。

「まぁ……オイラも流石に緊張してきちまってよぅ」

「でもいま……あの子は、私にもオルキスちゃんにも、どうにもできなくて……今回はあの子に注ぎ込まれた力が強すぎるんです。今のユグドラシルには、私の声もオルキスちゃんの声も届かない」

ルリアとビィの会話を聞きながら、僕は今までの旅を思い返していた。

確かにルリアが星晶獣を鎮めることができたときは、その前に星晶獣を正気に戻すことができていた。

だが今回は今までにも増してユグドラシルは我を忘れている。自我を失っている、とロゼッタは言っていた。自分の内で荒れ狂う力に翻弄されている。

「とにかく今は少しでも情報が欲しいんだ。あの島にまだ僕たちが気づかなかった手掛かりが眠っている可能性がある」

彼方の故郷を見つめながら僕は言った。

「あそこから……私たちの旅が始まったんですね」

「なんだか、すっげー昔の気がするよな」

ルリアとビィがしみじみと言った。

しばらく見つめてから僕たちは操舵室へと戻った。カタリナとオイゲンも戻ってきていた。

艇長席に着いて、僕は改めて操舵室を見回す。

僕の故郷――ザンクティンゼル。そこから冒険を始めたときには、僕とビィ、ルリアとカタリナのわずか三人と一匹だけだった。それが今……ラカム、イオ、オイゲン、オルキス、リーシャ、ドランク、スツルム……。なんと十人と一匹だ。

「で、グラン、どこに停めりゃいい？」

「ちゃんとした騎空艇港はありませんから、外縁に停めるしかないと思います」

ザンクティンゼルは周囲が険峻な山に取り囲まれている島だ。従って普通に外縁に停めてしまうと、その後に山をひとつ歩いて越えねばならない。

ただし、外縁の一箇所だけ低くなっている箇所があって、そこは『碧空の門』と呼ばれている。文字通り空の世界への門だ。ラカムに言って、そこに停めてもらう。

艇から降りて、僕たちがまず目指したのは僕の住んでいた村だった。

ヴァルフリートが日誌を書いた日付は判らないが――そういう意味では日誌ではなく、旅の備忘録のようなものなんだろう――おそらくは十五から二十年ほど前のはずだった。

それ以降はビィと僕は片時も離れたことがないのだから。

そしてその頃の事ならば、村の人々の中に覚えている者もいるはずだ。

「さんせー！　ついでに、この島の美味しいものとか、村でご馳走に……あ痛っ!?」

ドランクがスツルムに刺されていた。

「もっと喰らいたいか？」

「食べたいって言っても、剣はいいから！」

「相変わらずね、この人たち」

イオが呆れた顔になっている。

「でも、ドランクは割といいひと……」

オルキスがぽつりと言った。

「スツルムも……三人でいるときは怖いけど、二人のときは遊んでくれる……」

「へー！　そうなんだ！」

イオが意外そうな顔になり、スツルムは渋面を作ってドランクを刺した。

「痛っ！　えっちょっ、なんで⁉　今の流れでどうして僕が刺されるの⁉」

「うるさい。黙れ」

「ちょ！　やめて！　やーめーてーってば！」

「やれやれ……本当に相変わらずだな、こいつらは……」

緊張していたはずのビィまでが呆れ顔になっていた。

「あの……放っといて大丈夫なんですか？」

　やりとりを初めて見るリーシャがおろおろしていたが、僕たちは全員が慣れていたので、さっさと村へと歩き始めた。

「あ、あの……」

「大丈夫だ、リーシャ殿」

「あのニヤけ男は刺されるのが好きなの」

　イオが真面目な顔をして言った。

「そ、そうですか……」

　外縁部からすり鉢状になっている大地を降りて、僕たちは森に包まれた島にたったひとつの村へと急ぐ。

「前は気づかなかったけど……この島からは強い力を感じます」

　道中でルリアがぽつりと言った。

　カタリナが問いかける。

「強い力？　この島で見た星晶獣というと、ルリアが最初に呼び出した《原初のバハムート》が思い浮かぶが……」

「いえ、星晶獣とはまた違った……古く強い力がここには……」

　ルリアが言った。

村が見えてきた。

10

村のみんなは僕とビィを見るなり、波のように押し寄せてきて僕たちの帰還を喜んでくれた。

「おいおい。ずいぶんと人気者じゃねえか」

「ラ、ラカムさん、からかわないでください」

集まってきた人々のなかに、僕の家の隣に住んでいるお爺さんお婆さんがいたんだ。

「お帰り、グラン。無事でなにより。まあ、またすぐに旅立っちまうんだろうが、あの親父さんの子だからなぁ……」

「お家はちゃあんと見てあげてるからね。いつでも帰ってきていいのよ」

人が住まなくなった家はあっという間に荒れてしまうという。二人は旅で家を不在にしがちだった僕の父さんの頃から家の面倒を見てくれているのだった。

夫婦にリンゴをもらい、ビィが喜んでいた。

「ねぇねぇ、グランのお家ってどんなの？　ね、ルリアも興味あるでしょ！」

「はい！」

イオとルリアが興味津々の顔つきで言うのだけれど、僕は「ふつうの家だよ」と答えるしかなかった。だって、特に大きいわけでもなければ、何か特別な設備があるわけでもない。だが、カタリナが二人の言葉を聞いて、それならばまず君の家に行こうと言い出した。

「もしかしたら、封印に関する手掛かりがあるかもしれないもんね！」

イオが言った。

ビィの能力を封印したのが本当に父さんなのだとしたら、確かにその可能性はある。

「でも、そんなものあったかなぁ」

僕は首を傾げた。ビィもだ。

「オイラとグランの家に？　うーん……ちょっと思い当たらねーけど……」

「そーいうのは、意外と当事者は気づかないもんなの！　さ、案内してちょーだい！」

イオが元気よく言った。

そこまで言うならと、村のみんなに断りを入れてから、僕たちは育った家へと向かった。

時刻は昼を回ったあたりで、太陽はほぼ真上にある。

村の目抜き通りを越えて、小川を渡り、森の手前の実家に辿りつく。

見た限りは僕たちが旅立ったときのままだ。小さな石造りの家——こんなに小さかったっけと思ってしまう。平屋で、竈の上に外へと煙を逃がす窓がある。扉は木でできた一枚作りの簡素なもので、取っ手がひとつ。

その取っ手を引こうとしてカタリナが止めた。

「待て……何か様子がおかしい……」

「なんだよ、様子がおかしいって……別に普通の家だろ？」

ラカムが言って、カタリナが自分の口許に指を当て、静かにするようにと合図した。

「人の気配がする」

言われて、全員の顔つきが変わる。武器に手が伸びた。

「みんな下がって……僕が開けます」

「気をつけろ」

声を潜めて言うカタリナに僕は頷きだけを返した。

取っ手を引く。

開いた扉の向こうに人影を認め、僕は思わず目を瞠った——誰だ？

「やぁ、お邪魔してるよ」

飄々とした物言いにビィが「誰だよ、お前！」と叫ぶ。

ヒューマンの少年に見えた。

他人の家に不法侵入していたくせに堂々としている。

「ふんっ……」

その少年の背後からもう一人が姿を見せる。どうやら二人組だったらしい。

後ろにいた一人は少年とも少女ともつかない肢体をしており、獣の耳と尻尾を持っていて、奇妙なことに両腕を鎖でぐるぐるに縛られて拘束されていた。不機嫌さを隠そうともせず僕らを睨みつけてくる。腕の鎖を目で辿れば、最初に目に入ったほうの少年が片手に持っている杖に繋がっていた。

失礼だとは思ったけれど、飼い主と猟犬、というのが、二人を最初に見た僕の第一印象だった。

「貴方、は……？」

ぽつりとそう問いかけたのは僕たちの最後尾にいたオルキスだ。

オルキスを見て、少年は薄い唇に辛うじて笑みらしきものを浮かべて言う。

「君がそれを訊く？　ま、覚えてなくても無理はないか……」

「その言い方からすると、君はオルキスの知り合いなのか？」

カタリナが僕のほうをちらりと窺いながら言った。僕は首を横に振る。少なくとも、僕にはこの二人に見覚えがない。家に招待するような仲でないことは確かだ。

「まあ、あれから立場も変わったからね。改めて名乗らせてもらうよ」

少年は杖を身体の前に掲げながら言う。

「僕の名前はロキ。かつてこの空に降り立った誇り高き星の民の生き残りであり、エルステ帝国初代皇帝のロキだ。よろしくね」

そう言いながら、頭を下げるのではなく、むしろ傲然と僕らを見下したんだ。

「はあ？　星の民で。エルステの皇帝だと？」

オイゲンが何の世迷言(よまいごと)を言ってやがるという目で見た。

あまりにも途方もないことを言う……。

「お、おいおいおーい。嘘(うそ)はよくないなぁ、少年。僕たちだってねぇ。何も知らないわけじゃないのよ？　エルステ王国から続く、エルステ帝国の皇帝になれる血筋なんて、もうオルキスちゃん以外には……」

ドランクがそうまくしたてた。帝国の傭兵だから、というだけでなく、黒騎士の傍にいたドランクとスツルムは帝国の深いところまで知っている。

だがドランクの指摘に少年は怯(ひる)まない。

「それはどうかな？　君が居ないと言っているのは、オルキスの母方の血筋のことだろ？　エルステ王国最後の女王の夫、オルキスの父親……ビューレイストは僕の兄さんさ。これなら僕にも、エルステの皇帝になる権利はあるんじゃないかな？」

「オルキスちゃんの……お父さん、の……？　そ、それって……」

「私の……叔父さん？」

「そうだね。その通りだ。でも、オルキス。僕は君が大っ嫌いだ。二度と叔父さんなんて呼ばないでおくれよ」

突き放されるように言われ、オルキスが唇を噛み締めた。ぎゅっ、と抱えているぬいぐるみに力を込める。両親が亡くなり、たったひとりの肉親だと言い張る人物に拒絶されたのだ。ルリアが心配そうな瞳でオルキスを見ていた。

傍らの鎖で繋がれた人物が退屈そうに欠伸をする。

「ったくよぉ……ロキ！　お前は話がなげーんだよ！」

「ああ、ごめんごめん。君の紹介を忘れてたね。この子は僕のペットのフェンリル。星晶獣のフェンリルだ」

その言葉に僕らはまたも驚かされる。この子が……星晶獣だって⁉

「ちょっと躾がなってないところは、大目に見てくれると嬉しいな」

「確かに……この子からは星の力を感じます……」

「へえ。封じてあるのに判るのか。さすがはよく作られてるね」

ロキと名乗った少年の言い方は、まるでルリアを物のように言っていて、僕は思わずかっとなってしまった。

「それは……どういう意味だ？」

「ふふ。いい声を出すじゃないか。そうそう、僕は君たち相手にこういう会話をしたかったんだよ。いいね。期待通りだ。でも、まだまだそのときじゃない……」

「ちっ……おい、ロキ。そんなのどうでもいいんだよ。それより……こいつらは喰っちまっていいのか？」

言いながら、フェンリルが僕たちを見る。舌でぺろりと自分の唇を舐めた。

「まったくもう……フェンリル、お前は食いしん坊だな。もうお腹が減ったのか？」

「うるせぇ！　テメェの話がなげーのが悪いんだよ！」

「まあ、お腹が空いたのなら、この村の人たちを適当に食べてくれてもいいいんだけど。どうせ、誰も来ない辺境の島の村ひとつ。消えたところで問題ない」

「何……を言ってるんだ、貴様は……」

カタリナが信じれないものを見るような瞳になって言った。

僕だって目の前で言われても信じられない。確かに星晶獣のなかには力ある獣に星の力を与えて変化したものもいるというし、それならば野生の獣に近いとも言える。彼が、自ら語るように星の民ならば、星晶獣をまるでペットのように従えることもできるのかもしれない。

それでも、まるで人を餌のように与えようとするなんて……。

「おいおい。ずいぶんなこと言う兄ちゃんじゃねえか」

オイゲンが隻眼を眇めた。

「考え方がどっかのハーヴィンの将軍そっくりなんだけど……。ねぇ、帝国ってこーゆー人しかいないの？　ひょっとして、ものすごく人材不足なんじゃないの？」

イオがドランクをちらりと見上げながら言った。

「いやいやいや。そんなことない……と思うよ？」

「少なくとも馬鹿はいない。こいつは例外だ」

「ちょ！　スツルム殿!?　僕は――」

「うるさい。刺すぞ」

思わず反論しようとするドランクを、スツルムは腰の後ろに回した剣に手を当てて封じこめた。同時にぽつりと、馬鹿のほうがましかもな、とつぶやいたが、小さな声だったので、ドランクにさえ聞こえなかったかもしれない。

それにしても、イオといい、スツルムさんといい、あるいは驚愕しつつも退かないカタリナさんといい……。

「へっ、ファータ・グランデの女は強ぇな……」

オイゲンが遠い目になって言ったのは黒騎士のことを思い出したのかもしれない。

「はん……おい、ロキ。お前、舐められてるぞ」

「星の民の誇りはこの程度で傷つきはしないよ……まあどうせ今日は挨拶……それと宣誓だ。僕は君たちの――この空の敵だ。だから、末永くよろしくね」

「敵……だって？」

「そうだよ。グラン君、だったかな？　君も含めて僕は楽しみにしているんだ。君たちがどう動いてくれるのか、ね。くだらない。とてもくだらないこの空の世界に破滅が迫ったとき君たちに何ができるのか見せてくれ。できるものなら、ね……僕の兄さんは何もできなかったんだから。星の民のままだったら、あるいはとも思うのに……」

「けっ、わけ判んねぇな。判んねぇが……やるってんなら相手になるぜ？」

そう言って、ラカムが腰の短銃に手を当てる。

「空域の秩序を乱すつもりなら、私もここで相手になります」

リーシャも凛とした口調で言った。

けれども、僕らの緊張した様子など意に介しない風情でロキは杖を引いてフェンリルを傍らに立たせたのだ。

「さてと……とっても楽しませてもらったし、僕たちはもうそろそろ行くよ……そうそう……最後にひとつ、忠告だ。みんながみんな僕みたいに気が長いわけじゃないからね。あまり悠長にしていると、せっかく守った大事なものを、結局、失ってしまうかもしれないよ」

「それは……どういう意味ですか?」

僕の問いかけに、しかしロキは答えず……。

「どういうことだろうね?　ふふ……さぁ、行くよ、フェンリル」

「ふん……」

軽く指を振ると、ロキの周囲が光に包まれた。その光は、一瞬、まるで太陽そのものであるかのように強く輝き、僕らはみな思わず目を閉じてしまう。

再び目を開くと、すでに家のなかに彼ら二人の姿はなかった。

第4章 ふたたび森の島へ

1

幸い、ロキは僕の家を荒らしたりはしなかったようだ。僕たちはビィの封印に関する手掛かりを求めて家の中を探し回った。

けれども――。

「やっぱ、ねぇよなぁ」

ビィが言った。

僕とビィが住んでいた家はそんなに大きなものじゃない。

部屋だって、幾つもあるわけじゃないし、物置にも家具以外が放り込まれている様子はなかった。もちろん隠し部屋なんてものもない。

「ねぇ、グラン。鍵の掛かった宝箱とか、罠の仕掛けられていそうな床とか、そーいうのないの？」

「僕の家は古代遺跡の迷宮じゃないんだけど……」

いや、イオの言いたいことも判るけどね？

僕自身だって、父さんと母さんはふつうの騎空士だと信じていたんだ。あれ？　そういえば、母さんも騎空士なんだっけ？　僕は、生まれてすぐにザンクティンゼルに預けられたので母さんの顔を知らない。父さんと母さんの出会いも、二人がどういう人物だったのかも本当は詳しくは判らないのだった。ただ、父さんについては村の人たちから噂で聞くことができた。

成長するに連れて、似てきたなと言われることが多くなったっけ。

……母さんもザンクティンゼルの出身だとは聞いていたけど。父さんもまた母さんと、この島から冒険の旅を始めたんだろうか……。っと、いけない、今はそんなことを考えている場合じゃなかった。

ため息が聞こえた。スツルムだ。

「手詰まり……どこか他に封印の関わりそうな場所はないのか？」

「それなりの儀式が行えそうな場所ってことだよねぇ。神殿とか……神域とかでもいいけど。どう？　憶えある？」

ドランクが僕たち——僕とビィに訊いてきた。

僕らは首を捻る。

「神殿にあたるような建物はない、かも」

「しんいき？　って、それって、神聖な場所ってことだよな？」

ビィの問いにドランクが「そうだね」と答えた。

「ってことは、あれじゃねーかな？」

ビィが言って僕も気づいた。あそこか。

「心当たりがあるんですか？」

リーシャが尋ねてくる。

「ひとつだけ、思い当たる場所があります」

僕らが知っているのは森の奥にある祠（ほこら）だった。

「森の奥に、普段は巫女（みこ）？　しか入っちゃいけねぇって場所があるんだよな」

「そこに祠があるんです。いつからあるのか判らない祠なんですけど、村の巫女がそこはいつも清めているそうです」

「神殿はねぇのに巫女はいるってのか……そいつぁ気になるな。いったい何を祭ってやがるんだ？」

オイゲンが訝（いぶか）しむが、ルリアはようやくやることが見つかったので明るい顔になった。

「じゃあ、今度はその森に向かって出発ですね！」

「夜になる前に行ったほうがいいだろうな」

ラカムの言葉に従って、すぐに出発することになった。僕が先導役だ。

　お日様は少しだけ斜めになっていて、午後の日差しになっていた。森の中を歩いているうちに、ルリアが徐々に落ち着かない様子を見せる。カタリナがどうした、と問いかけると、

「なんとなく怖いというか、そわそわしちゃうというか……」

　そう言いながら、森の左右を見渡すのだ。

　表情は変わらないながらも、オルキスも落ちつかないと同意した。森に嫌われているようだと。

「なんだか……怖いです。私のなかの星晶獣も怯えてしまっているようで」

　ルリアがとうとう足を止めてしまった。

　身の内に星晶獣のもつ星の力を取り込むことで、ルリアはその星晶獣を召喚することができる。それは本体ではないが、本体と同じように振る舞うことができるし、同じように周りの出来事を感じ取ることができる――らしい。

「星晶獣が怯えるだと？　そんなことがあり得るのか？」

　カタリナの問いかけにオルキスのほうが答えた。

「わからない……でも、私やルリアは、きっとその森の祠から、拒まれてる」

「星の力を拒む森の祠……その祠にビィくんの封印された力が……？」

「まあ、まだ祠に能力が封印されてるって決まったわけじゃねえけどな。ていうか、どうやって能力の封印なんてするんだよ?」

ラカムの言葉ももっともだ。

「どうする? ルリア、オルキス……辛いようなら、ここで私と皆を待つか?」

「カタリナ……ううん……い、行きます! 私も一緒に」

「私も……怖い……けど、行かなきゃ」

僕たちは森のさらに奥へと歩いていった。

「ここ……!」

ルリアが再び足を止める。

その瞬間、森が切れ、開けた場所に出る。

樹の根に埋もれるようにして、小さな石造りの建物が現れた。

高さは僕の背の倍から三倍ほど、扉は僕の背の高さと同じくらいで、両開きの鉄製だった。扉の表面には左右対称の精緻な幾何学模様が彫り込まれており、近寄りがたい雰囲気を醸し出している。

そして扉の形をしているくせに、表面に取っ手の類が見当たらない。

「ここがグラン、君の言う祠か……」

「はい」

「こんな紋様の扉、初めて見ます」

リーシャが言った。

「こいつぁ、がっちり壁に嵌め込んで作ってやがんなぁ」

扉を矯めつ眇めつしつつオイゲンが言った。

「グラン、この扉の向こうがどうなっているか見たことがあるか？」

カタリナの問いに僕は首を横に振る。

「ここから力を感じます……星の力とは明らかに違う、相容れない力が……」

ルリアの言う、星の力と相容れない力……つまりそれが、星の力を封じる力、ということなんだろうか……。

「封印を解くって、この扉を開ければいいわけ？」

イオの問いにラカムが首を捻る。

「いやでもよ。これ、開けようにも取っ手もねえんだから……壊すのか？」

「壊す、となると悩ましいところだな。それは私たちが決めて良いことなんだろうか……グラン、君の村の巫女は昔からこの祠の世話をしているんだろう？」

僕が頷くと、カタリナは腕を組んで考え込んでしまった。

「余所者である私たちが、その土地の人々が大切にしているものを一方的に破壊してしまっては、帝国のしていることと変わりがなくなってしまう。まして、これが正解なのかどうかも判っていないのだからな……」

「ホントは近寄るなって言われてんだよな。グランは、聞いちゃいなくて、けっこうここまで来てたけどさ。って、おい、何やってんだよ！」

ビィが叫んだ。

扉の隙間に剣を差し込んで強引にこじ開けようとしていたのだ、スツルムが。その傍らにドランクが立ち、宝珠を僕らに向かって掲げている。

「おおっと、近づかないでね〜。君たちが開けられないなら、僕たちが開けてあげるからさあ」

「な、何言ってんだよ！」

「トカゲちゃんも！　近づいちゃダメだよ〜。悪いねぇ、僕たちはそんなに待てないんだ。ああでも、僕たち、ほら憎っくき帝国の傭兵だからさー。悪さもするよねぇ、そりゃあ。だからしょうがないってことで」

「待て！　強引に扉を開けたときにどうなるのかも判っていないんだぞ！」

「それでも――」

ドランクは口を皮肉げに笑みの形に歪める。

「――もう時間がないと思うんだよねぇ」

僕は思い出した。ロキが言っていたのだ。

『みんながみんな僕みたいに気が長いわけじゃないからね。あまり悠長にしていると、せっかく守った大事なものを、結局、失ってしまうかもしれないよ……』

ドォオン！

空気を震わせてその音は鳴り響いた。

「きゃあっ⁉」

ルリアが悲鳴をあげた。

「こ、これは……村のほうからか⁉」

僕らは思わず音の聞こえてきたほうへと振り返る。森の木々に遮られて視界は通らなかった。けれども、彼方の空に黒い煙が立ち昇っているのが見える。さらに空の青さを切り取って黒々としたそれが目に入った。

「帝国の……軍艦、だと⁉」

カタリナが言った。

目の前の風景に過去が二重写しになって見えていた。あのとき――冒険の始まりだったあの日もそうだった。島の上空に帝国の戦艦が忽然と現れて、村へと砲撃を始めたのだ。

「いつの間に……あたしたちが来たときは、帝国の艇なんて見なかったのに！」

イオが杖を握りしめて叫んだ。

「来たんだろうぜ、ついさっき、な」

ラカムが言った。

「戻ります、村へ！」

僕はそう言うと、みんなを見る。

ルリアはもちろん、カタリナたちも頷いてくれる。リーシャもだ。

「やれやれ……やっぱり間に合わなかったかあ」

「予想はしていた」

ドランクとスツルムが言った。

「予想……？」とカタリナ。

「だって、帝国の皇帝サマに居場所がばれてるってことでしょ？　絶対来ると思ってたんだよねえ」

ドランクが言って、僕らはようやく理解した。

カタリナがしまったという顔をする。

「迂闊だった……帝国はあのアーカーシャという星晶獣を目覚めさせるのにオルキスを利用しようとしていた。オルキスとルリアを」

帝国は二人をまだ諦めていなかったんだ！

「戻ろう！　このままでは村が焼け野原にされてしまうぞ！」

軍艦相手では勝ち目がないが、帝国の目当てはルリアとオルキスのはずだ。砲撃は前と同じで威嚇のはず。だが、僕らが見つからなければそのまま村を焼いてしまうくらいのことをやりかねない。

「仕方ないかあ」

「急がないと、間に合わないぞ」

ドランクとスツルムも祠は後回しにすることにしたようだ。

僕たちは村へと向かって駆けだした。

2

走っていると、僕の隣で羽ばたいていたビィがすっと近寄ってきた。

そのまま耳元で囁(ささや)く。

「なぁ、グラン……」

周りに聞こえないような声で呟いた。

僕は沈んだ顔をするビィに小さく頷きを返した。話したいことがありそうだと僕には判ったんだ。長い付き合いだから。

「オイラさあ、祠を開けなくて、ちょっとほっとしちまったんだ……」

ビィは落ち込んだ顔をしていた。

「だってよぉ。ロゼッタの奴、言ってたじゃねぇか。『思い出したくもないでしょうけど』って。もし、封印ってやつを解いたら、その思い出したくもないオイラの記憶も戻っちまうってことなんじゃねーのか？　そうなっても、オイラはオイラでいられんのかな……そんなこと考えてたら怖くなっちまってた」

僕は頷いた。それから彼にだけ聞こえる声で言う。

「僕だって怖いよ」

ビィが驚いた顔になる。

「父さんが、なんで封印なんてしたんだろうって思うし……その理由が判ったとき、知りたくなかったことを知ってしまうかもしれないって思うと……怖い」

「グラン……」

「僕たちは一緒だよ。だから――君だけを悩ませたりしない。だって」

ビィを見つめながら言った。

「僕たちは相棒だろ？」

「……だな！」

ビィがようやく笑顔を見せた。

小川を渡り、村の門を越えた。

村人たちは硬く扉を閉ざし、帝国兵たちへの拒絶の意思を示していたが、実際に彼らが現れれば満足な武器を持たない村人たちには勝ち目はない。

左手に見える丘を下ってきた兵士の一団が村へと入ってきたところだった。

先頭の集団のなかに、見覚えのある小さな将軍がいた。

小さくともよく響く高い声が聞こえた。

「森に火を点けろって言ってんの！　煙に巻かれれば、そのうち出てくるだろ！」

帝国軍の将軍フュリアスだ。

子どものような背格好だが、それは彼がハーヴィンだからだった。

配下の帝国兵が駆けてくる僕たちに気づいた。銃をもった兵士たちが一斉に銃を構え距離のあるうちに撃ってこようとするのを、フュリアスが一喝して止める。

僕たちは彼の前まで走ると、十歩ほどの距離を置いて止まった。

辺りを見回すと、通りを歩いている人の姿は見えない。砲撃が始まると同時に家のなかへと避難してくれたようだ。家のなかから僕たちを窺っている気配がする。

「いやー、将軍サマは、ホント変わんないねー。ぶれないよねぇ」

ドランクが呆れたように言った。

「誰だよ、お前？　……まぁ、いいか！　そっちから出てきてくれたんなら話が早いや。ほら、さっさとその化け物たちを寄越しなよ！」

「悪いがそれはできない。そちらこそ、ここで退いてもらおう。私たちはルリアもオルキスも帝国に渡すつもりはない！」

化け物扱いに怒りを滲ませながら、カタリナがきっぱり言った。

「はあ？　なに言ってんのさ。まあ、いいけど」

「なに……？」

一瞬だけ、僕たちは意外な言葉を聞いたと勘違いしたんだ。全然違った。

「どうせ、無理矢理連れて行くつもりだったし。そのために、ボクは新しい力をもってきたんだしさ。ようやく、試せる。ああ、うるさいな……うるさい。さっきから、ずっと耳元で鳴ってるんだ……」

フュリアスの異変に気づいたのは僕だけじゃなかった。

「か、閣下(かっか)……あの……」

「あ？　お前だれ？　まあ、誰でもいいか。くそっ、なんでさっきからボクの耳元で騒がしい音を立ててんのさ。くっ……はぁ、はぁ。う、うるさいんだよ……」

「ね、ねぇ……あいつ、一体どうしちゃったの？　前から変な奴だったけど、何か様子が……」

イオが怯えるほど、フュリアスの言動は急激に異常さを増していった。

「やめろよ！　うるさいんだよ！　……黙らせてやる。もう誰も要らない。この力があれば誰も要らないんだ……お前も！　お前も！　ボクが！　この手で！　叩(たた)き潰(つぶ)してやる！」

額に汗を浮かべていたフュリアスは、瞳(ひとみ)を大きく見開くと、おこりのように身体(からだ)を震わせた。狂ったように笑い始める。

「グラン！　何かが来ます。気をつけて。歪んだ力、魔晶の力が……！」

ルリアがそう叫んだときだ。

フュリアスの身体が膨れ上がった！

次の瞬間、見上げるほどの大きさの甲冑兵の姿へと変貌し、フュリアスは金属の鎧に身体を埋め込ませていた。

「こいつぁ……！　あのヒゲの野郎と同じか！」

オイゲンが呻いた。ヒゲの野郎というのはポンメルン大尉のことだ。彼と同じように魔晶の力を解放し、己の肉体を甲冑兵と化したんだ！

けれど全く同じではなくて――。

「こ、こんなに強くて禍々しい力は初めてです！」

ルリアが言った。震えている。溢れ出る魔晶の力が桁違いだった。ルリアでなくとも威圧してくるような圧倒的な力を感じてしまう。

「くふふふ……はーはっはぁ！　ああ、いい眺めだ！　最高だよ！　誰もボクを見下ろしたりしない。ボクが世界を見下ろしてるんだ！」

甲冑兵の背は僕たちの三倍、いや四倍はあり、村の家々よりも高いところに頭があった。フュリアスの顔は甲冑兵の胸のあたりに付いていて、それでも僕たち全員を見下ろせる高さだ。瞳は真っ赤に血走っていた。

「か、閣下！　あまり興奮されては……がはっ！」

「誰が返事をしろって言った？　うるさいんだよ。ねぇねぇねぇねぇ！　誰が言った？誰が⁉　ねぇ！」

甲冑兵の持つ槍の穂先が兵士の胸を貫いていた。真っ赤な血が地面を染めている。

「お、おい。あの野郎、自分の部下を……」

ラカムが絶句している。

配下の帝国兵も顔面を蒼白にしていた。

「ひ、引けー！　将軍から離れ――がぁ！」

「くひっ、ひひひ……ボクから逃げるなんて、許さない。ダメに決まってるだろ、ほらあ！」

「ぐはぁ！」

ひとり、またひとりと、自分に近い部下たちから串刺しにしてゆく。

馬上槍の倍はありそうな太さの槍を、軽々と振るい、神速の突きで次々と部下を屠っていった。

「ああ、なんてすごい力なんだ。さすがは皇帝陛下から賜った力……くひひひひ！」

フュリアスの目にはもう敵も味方も区別がないようだった。

見えて動いている者から順に襲い掛かっていた。

放っておけば帝国兵だけじゃない、村人たちまで巻き込まれるのは必定だった。それは戦艦による威嚇の砲撃どころの被害ではない。

「カタリナさん、ラカム、止めましょう！」

「ああ」

「おう！」

「ったく、やっかいな将軍サンだな、おい！」

オイゲンが背負っていた長銃を構え、号砲一発。狙いは過たずにフュリアス甲冑兵の肩に当たり、火花を散らした。

「ちぃ！　ぜんぜん効かねえじゃねえか！」

「はぁはぁはぁ……あ？　なんだ、君たち、そんなところにいたんだ？」

ぎろり、とフュリアスの目が僕らを見る。

踏み込んでくると、槍を突き出してきた。

「させるか！」

カタリナが剣を振る。青い輝きが僕らを包んで、突き出された槍とぶつかると、青い光を散らした。

《光の壁（ライトウォール）》だ。

衝撃は和らげられたが、それでも僕たちは数歩以上も吹っ飛ばされてしまう。転がってなんとか衝撃を吸収。即座に跳ね起きた。

「いっけー！」

イオの掛け声とともに、元素の力を乗せた嵐がフュリアスにぶつかっていった。今まで見たなかで特大の嵐だ。決定的（クリティカル）な一撃に思えたのだが……。

イオの魔法は甲冑兵の鎧の上っ面にわずかな傷をつけるだけで終わった。

「な、なんで……」

「魔晶の力が強すぎるんです！　このままじゃ……」

呆然（ぼうぜん）としているイオにルリアが言った。

「嘘（うそ）だろおい……尋常じゃねえ力だぞ！」

オイゲンが呻いた。

そのとき、高所で戦況を見守っていたビィが僕のところに降りてきた。

「な、なぁ、グラン。魔晶の力って、星の力と同じなんだよな？　じゃあ……もしオイラが星の力を抑え込むことができたら……」

「それは……でも！」

ビィは言っていた。失っていた記憶が戻ってきたら、自分が自分でなくなるのではないかと。

「オイラ……考えたんだ。もし、そんなことになるんだったら、ロゼッタがさ、オイラにそんなこと頼むはずがねぇって！」

ロゼッタなら――とビィは言った。

例えばそれが黒騎士だったら？　あるいは他の誰か――アルビオンの領主ヴィーラだったら？　彼女たちは、決めたたった一人の為ならば他は全て切り捨てても良いと考えるんじゃないだろうか。そのために自分が空の底に堕ちようとも。

カタリナだったら？　ラカムだったら？　そして――僕だったら、どうなるんだろう。

一人一人たぶん答えは違う。誰の態度が正しいなんて簡単には言えない。ヴィーラの、あるいは黒騎士の身に起こった出来事を考えれば、彼女たちがそう振る舞うこともまた判るような気がしてくる……。

一方で、ロゼッタは自分を犠牲にしようとは考えない、とビィは結論したのだ。

それは盲目的にただ相手を信じると言い張るよりも、他者を理解しての結論に思えた。

だから――。

「君が望むように」とだけ言ったんだ。

「おう！　オイラはロゼッタを信じる。それに、ここはオイラとグランの故郷なんだぜ。そりゃ、オイラの生まれたところは違うのかもしれねぇけど。ここで育ったんだ。ここがオイラの故郷だ！　故郷の危機に立ち上がらねーんじゃ、騎空士の名が泣くってもんだぜ！」

ビィはヒトではない。

けれど、騎空士なのだ、彼もまた。

僕らはビィを信じた。

「よっしゃ！　あの祠まであいつを連れてくぜ！　ここに置いとくわけにゃいかねぇからな！　森のなかで決着をつけようじゃあねえか！」

オイゲンが吼（ほ）えた。

僕たちはフユリアスに攻撃を繰り返しつつ、気づかれないように少しずつ森のほうへと誘導していったんだ。

3

改めて僕らは祠の前までやってきた。

彼方のほうからは破壊を撒き散らす足音が少しずつ近づいてくる。森は木々が密集しているために巨大な甲冑兵の姿では歩みが遅くなるのだ。

「あの将軍サンはご機嫌ナナメみてぇだけどな……」

オイゲンが言った。彼とラカムは入れ替わるようにフュリアスに近づいては、わざと自分たちの行方を知らせるために砲撃を繰り返した。

その間に、僕たちは祠へと近づいたんだ。

祠に近づくと辛そうな表情になるルリアとオルキスを離れたところに立たせ、カタリナたちに護衛を頼む。

僕はビィを抱えたまま祠の扉に近づいた。

「そういえば、ビィはこの扉に近づかなかったよね」

「ああ……なんとなーく、近づいちゃいけねえって気がしてたんだ……」

声を少しだけ震わせながらも、ビィは小さな手を扉へと伸ばした。

触れる。

すると、扉がかすかに淡く輝き、中心部に取っ手のような窪（くぼ）みが生じたのだ。

「これは……」

ごくりと僕もビィも唾（つば）を呑（の）んだ。

「や、やるぜ！」

「うん」

ビィは扉に手をかけると、勢いよく開け放った！

開いた隙間から光が溢れてくる。

光が目を焼いて、視界が真っ白になる。

ホワイトアウトした光景の向こうに、真っ黒で巨大な――竜の影――。

「……えっ⁉」

気づくと、開け放ったと思った扉はふたたび元の姿に戻っており、表面には取っ手らしきものも無くなっている。腕のなかにはいつも通りの姿のビィが居て、僕は幻を見たのだろうかと……。

「んはっ⁉　オ、オイラ……！」

「大丈夫？」

「あ、グランか。んん？　オイラ、いま、この祠を開けた……よな？」

「たぶん……」

みんなが――ルリアやオルキスも――駆け寄ってきた。

「ちょっと、大丈夫なの!?」

イオが心配そうにビィの顔を覗きこむ。

「お、おう。けど、何か妙な感じが……なんかこう……オイラの中にいままで無かった力を感じるんだ……」

ルリアとオルキスは祠の扉を見つめていた。

オルキスがつぶやく。

「いままで感じていた力が無い……ビィの中に移った……？」

「ここからはもう、私たちを拒絶していたような強い力が感じられません。これはたぶん……」

そう言ってルリアもビィを見た。

「おい！　来たぜ！」

オイゲンが森から祠の前の平地に飛び出してくる。

直後、森の木々を薙ぎ倒して、巨大な甲冑兵が姿を現した。

「みぃぃぃぃつけたぁぁぁぁっ！」

「ったく、しつけーなぁ。おい、ビィ、やれるか！」

ラカムが訊く。

ビィが「おうさ！」と元気よく応えた。

「上等！」

ラカムは長銃を構える。オイゲンも膝立ちになって愛銃ドライゼンの狙いをつけた。

「よし、みんなやるぞ！」

カタリナが《ルカ・ルサ》の切っ先をフュリアスへと向ける。

イオが杖を、ドランクが宝珠を掲げた。

「秩序の敵は見逃すわけにはいきません！」

リーシャが剣を構え、スツルムと共に僕の両脇に並んだ。

「フュリアス！　僕たちの故郷をこれ以上は好きにさせない！」

「身体の奥からなんか力が湧いてくる！　オイラはオイラだけど、今までのオイラじゃないぜ！」

そう言うと、ビィは大きく息を吸い込む。

フュリアスを睨みつけるビィの両の瞳が赤く輝き、彼の小さな身体から、とてつもなく大きな力が放たれて、巨大な甲冑兵を包みこむのが感じられた。

「なっ……なんだよ！　これ……！　魔晶が、反応しない!?」

「今だ、みんな！」

カタリナが振り下ろした剣を合図に僕たちの総攻撃が始まる。

勝負の行方はもう誰の目にも明らかだった。

「さっさと、こいつを倒して助けに行こうぜ！」

ラカムの声に僕らは「おお！」と応える。

ロゼッタだけじゃない。ユグドラシルも、黒騎士もだ。

みんな、絶対助けてみせる！

4

（嗚呼（ああ）……熱い……）

蒼穹（そうきゅう）を風に流されながら彼女は落ちてゆく。

視界の片隅にまだ見えているのは、赤く炎に包まれる島。

(なんて野蛮な……あの森と共に、無数の命が失われてしまった……護りきれなかった……アタシが護るべきだったのに……)

今は自分自身さえ島から焼け出され、放り出され、こうして為す術もなく空の底へと真っ逆さまに堕ちてゆく。

(この有り様で、何が星晶獣だろう)

彼女は心の中で嗤う。彼女の主はかつて言った。この世界の住人は、所詮はできそこないの連中だ、と。星晶獣であるお前が負ける道理はない。連中を好きに蹂躙するといい、と。

(けれど……負けた。アタシたちは……負けてしまった)

その敗北の一因には、圧倒的に優れた世界より遣わされた彼女の主たちの驕りがあった。

(でも……それ以上に……)

彼女は思い返す。島ごと焼き払うという計略で、彼女が統べる魔の森を攻略することに成功した空の住人たちのことを。

(何故かしら?)

不思議だった。彼女が、空の住人たちにそのとき抱いていた感情は、ただの怨みや憎しみではなかったのだ……。

(どこか……眩しかった。愚かで卑しくとも、必死に生きようとする姿が……。驕ることなく死力を尽くし、己が生き残るためだけに戦い続ける、その姿が……アタシは……羨ましかった……)

その身を炎に焼かれ、力なく空を流されながら、彼女はゆっくりと意識を手放そうとしていた。

しかし……。

彼女は風に流され、その身体は幸運にも、とある島の深い森に受け止められる。

森の星晶獣である彼女だからこそ、森は受け止めることができた、とも言えた。

出会いは偶然のようでもあり、必然でもあった。

（アタシ……まだ消えてない……？）

金管楽器（きんかんがっき）が風に鳴るような音が響く。

霞（かす）む意識の中、彼女が目にしたのは、不思議そうな顔で彼女を見つめる一体の星晶獣の姿だった。

5

島を取り囲むエルステ帝国の戦艦は、全ての砲門を森へと向け、休みなく島を攻撃し続けていた……。


僕たちはようやくルーマシー群島まで戻ってきた。

ビィが取り戻した力により魔晶の力を抑え込まれたフュリアスは、僕たちの一斉攻撃によって甲冑兵への変化を解除され、ボロボロの状態で生身に戻った。

どうやら魔晶によって強化された肉体は、限界を超えて魔晶によって使われてしまうようだった。

瀕死のフュリアスだったが、そこにまたあのロキとフェンリルが現れたのだ。

ロキは満足げな笑みを浮かべながら、まだ彼にはやり残した役が残っているから、と言ってフュリアスを抱えると、前と同じように消えてしまった。

村に戻ったときには帝国戦艦の姿もなく、僕たちが帝国を追い返したことになっていたが、それは違うと思う。将軍ひとりを叩いたところで、戦艦も帝国兵も残っていたのだし、それらを相手にして、もう一度戦うだけの力は僕たちにも残っていなかった……。

ロキの満足げな笑顔が脳裏から離れなかった。

一体、どこまでがロキの思い描いていた結果だったのか……。

ともあれ、僕たちはこうして星の力を抑え込む方法を手に入れ、ふたたびルーマシー群島へと向けて旅立ったのだ。

隣のポート・ブリーズ群島に寄り、燃料と食料を積みこんだ。そこからはまっすぐにルーマシーを目指すつもりだったのだ。よろず屋ではシェロカルテ自身が僕たちを迎えてくれた。シェロカルテに、リーシャは事のあらましを書き記した手紙を《秩序の騎空団》へと渡してくれと頼んだようだ。

そうして、僕たちはルーマシー群島を今、操舵室の硝子窓の向こうに見ている。

帝国戦艦が十重二十重と取り巻き、絶え間ない砲撃を加えている。砲塔の先が赤く光ると、数瞬の後にルーマシー群島にパッと赤い火花が散っている。

「なんてこった。あんな攻撃を続けられたら島が落ちちまうぜ」

ラカムが舵輪を操りながら言った。

「いや、そうとも限らないぞ。見ろ」

カタリナに言われて気づいた。

ルーマシー群島は全体が植物の蔓のようなもので覆われていて、その蔓には巨大な棘が幾つも並んでいた。まるで島全体が棘だらけの鳥かごで包まれているようでもあった。あるいは植物を編んだ籠か。

「あれは……星晶獣か……」

「はい。あそこから強い力を感じます。それと、懐かしいような感じも……」

帝国の砲撃はどうやらその棘に向かって撃たれているようだったが、戦艦たちの一斉掃射を受けても蔓の檻はびくともしていない。

「で、どうするよ。あんなふうにびっしり覆われてちゃ、俺たちだって島に着けるかどうか……」

「いえ、だいじょうぶです……呼んでいますから」

ルリアが言った。

半信半疑だったラカムだが、グランサイファーの接近に気づいた帝国戦艦が、こちらまで攻撃してきたので、ルーマシーを盾にするしかなく……。すると、棘の生えた蔓の檻はしゅるりとほどけて、グランサイファーだけを中に入れてくれたのだった。

グランサイファーを呑みこみ、ふたたび棘の檻は閉じる。

そうして、僕たちはルーマシーの大地に降り立った。

すると、見計らっていたかのようにドランクが声をあげる。

「さて、と……それじゃあ、僕たちはここまでかな」

「ん……」

ドランクとスツルムはそう言って、僕たちに背を向けた。なんとなくそんな予感はあった。彼らは黒騎士の救出が最優先だと言っていたのだから。

「まぁ……仕方ねぇか」

ラカムが言った。

「しかし、何故、君たちはそこまで黒騎士に忠誠を尽くすんだ？　世話になった、金はもらっているから、というだけではないようだが……」

カタリナに問われ、ドランクは少し躊躇った末に、自分たちと黒騎士の出会いを短く語ってくれた。それはエルステが王国から帝国へと変わった直後のことだというから、もう十年も前の話だった。

当時の黒騎士は今よりもまだ経験も浅く、少女の面影を残した娘だったという。

オイゲンから歳は聞いていたから、それが十五、六の頃だと判る。

当時の黒騎士はフリーシアに請われて帝国最高顧問の座に着いたものの、周囲には敵しかいない状況だった。そのなかで純粋に自分だけに仕える部下を欲していた。それを金で雇い入れた傭兵に頼むというのも非常識なことではあったが……。

「そんなに古くからの……」

「これがまた絵に描いたような優しいお嬢さんでね。僕らは随分と心配したもんだ。傭兵への報酬を全額前払いしちゃうようなひとだったからね」

「小さい頃しか知らねえが……あいつは大人しい優しい子だったよ。分厚い本ばっかり読んでいるような、物静かなガキだった」

オイゲンが言った。イオが信じられないという顔をしている。

「というわけで、情が移っちゃったんだねえ……あ、このことは内緒にしてね？」

ドランクはそう言って片目を瞑（つむ）った。

こうして傭兵二人は僕たちとは別行動を取ることになったんだ。

オルキスは残った。

ドランクがどうするかを聞いたとき、オルキスは「アポロに会いたい……すごく心配。でも……私、謝らなきゃ。ロゼッタさんと……ユグドラシルに」と答えたのだ。

ユグドラシルを目覚めさせたのはオルキスだった。

ドランクは「頑張っておいで」とだけ言った。

そして、二人は僕たちと別れ、森の中へと消えていった。彼らの背中にオイゲンが「頼んだぜ」と声をかけた。振り返りもせずに手をひらひら振っていたのは、あれはまかせろという意味なのか、単なる去り際の挨拶（あいさつ）か……。

僕たちはロゼッタと別れた遺跡を目指して歩き出した。

6

出会ってから数百年が過ぎた。


本来ならば出会うことのない二人だった。違う島の守護星晶獣だったのだから。

だが、自らの島を焼かれた彼女は空の底へと落下中に、このルーマシーの森に流れ着いたのだ。そこで森を守護するユグドラシルと出会った。

ユグドラシルは言語を発することができなかったが、双方とも星晶獣だったために、意思を伝え合うことは簡単だった。

穏やかな数百年。

覇空戦争(はくうせんそう)の最中を生きてきた彼女にとって、それは傷ついた心を癒(い)やすのに充分な時間だった。

しかし、永遠と思われたその時間は思わぬ来訪者によって終わりを告げる。

「答えなさい。貴方(あなた)たちは何が目的なのかしら?」

彼女の前に現れたのは、年若い少年と少女。そして、彼らが連れている羽の生えたトカゲのような生き物。彼らには星晶獣と戦う理由があった。そしてそれは、憐れな星の獣たちのためでもあった。しかし、当時の彼女がそれを知る由もなく、彼女の目に来訪者は無情な破壊者として映った。

今度こそ護る。彼女の心に秘めた決意を来訪者は知らない。

彼女は己の身に宿る力を限界以上に引き出し、来訪者へと牙を剝いた。

しかし、年若いながら少年の力は、星をも揺るがすほどの凄まじいものだった。

戦いに敗れ、限界以上の力を行使した彼女は、自らの肉体を破滅させる寸前まで追い込まれた。

しかし、彼女は少年と羽根トカゲによって、存在の崩壊を免れた。ぎりぎりで生の縁に引っかかった彼女には、空の底が口を開けて待っているように感じられていたが、そのときに少年が放った言葉は意外なものだった。

僕の騎空艇に乗らないか？

言葉は意思となって伝わり、彼女は少年が心の底からそれを望んでいることを知る。

「それはつまり……貴方の騎空団に入れ、ということ？」

少年は快活そうな笑みを浮かべて大きく頷く。傍らに寄り添う純朴そうな少女も穏やかな笑みを浮かべていた。

「正気なの？　星晶獣を騎空団に引き入れようなんて……それに、貴方は空の民。アタシたちはあの戦争で貴方たちの仲間を大勢……」

言葉を最後まで言わせることなく、少年は彼女の手を取ると、強引に艇へと引っ張ってゆく。それを少女と羽根トカゲは少し困ったような笑みを浮かべて見守っている。

ユグドラシルの森が、そっと彼女の背中を押してくれるのを感じていた。

行ってらっしゃい、と。また会いましょう、と。

こうして、彼女の新しい旅が始まったのだった。


少年によってやや強引に始められた彼女の旅は、意外にも長く続いていた。

騎空艇に乗り、様々な島を巡り……。考えてもいなかった日々だったが、彼女はそんな暮らしも悪くないと思い始めていた。

彼女の視線の先には同じ騎空団の仲間の姿がある。

彼女を打ち倒した少年、その相棒である羽根トカゲ、少年の傍らに常に寄り添っている少女……そして、新たに旅の仲間に加わった生真面目で堅物な、少年と同世代の剣士。

少年と剣士は、互いの性格ゆえに、毎日のように衝突している。

しかし、その衝突は互いを認め合っているがゆえのものであり、彼女はそんな二人の関係を見ているのが好きだった。

(ホント……仲良いんだから)

微笑みながら見守っていると、先を行く少年から声がかかる。

(ふふっ……待って、判ってるわ……そんなに何度も呼ばないで頂戴……いま……いくわ。アタシも……そっちに……)

彼女は目をしばたたかせる。

意識がはっきりとしてくる。

「ん……嗚呼、貴方……そう……懐かしい声がすると思ったら……」

開いた瞳の先には、彼女が常に温かく見守っていた四つの影のひとりと良く似た栗色の瞳があった。

「グラン、貴方だったのね……」

彼の周りには、彼女の二度目の航海で見つめることになった幾つもの新しい顔が見えた。今の彼女の旅の——仲間。

7

神殿の入り口で僕らは薔薇に包まれて眠るロゼッタと再会した。

呼びかけても眠り続ける彼女にイオが真っ青になっていたが、何処にも傷を受けた様子はなく、僕とルリアが辛抱強く呼び続けると、ゆっくりと彼女は覚醒したのだ。

目を開けたとき、ついにイオは泣き出してしまった。

「あらあら、どうしたの？　レディはそう簡単に涙を見せたりしないものよ？」

そう言いながらもロゼッタは優しくイオの頭を撫でる。気丈に振る舞ってはいても、イオは僕たちの誰よりも幼いのだ。

イオが泣き止むまで待つと、ラカムが立ち上がった。

「うし！　んじゃあ、さっそく本命と決着をつけに行くとすっか！」

「本命？　じゃあ、アタシは遊びだったのかしら？　ラカムってばひどいひと。悲しいわぁ……」

「おいこら、そういう意味じゃねえっての！」

「そういうって、どういう意味なんですか、グラン？」

「えっ、こっちにその質問くるの⁉」

「ルリア、その質問は後でゆっくり答えることにしよう。ラカムが」

「おい」

ラカムが思わず突っ込んだが、カタリナは流して話を進めた。

「今はまずユグドラシルだ。ユグドラシル・マリス……彼女の暴走は一刻も早く抑え込む必要があるんだろう？」

「そうね……今はアタシがなんとか抑え込んでいるけれど。もう、そろそろ限界だもの」

「それなんだが、ロゼッタ……君は星晶獣だったんだな」

カタリナの問いにロゼッタは頷いた。

星晶獣と何度も出会ったことがある僕たちは、その告白を受け止めるだけの心持ちができていたが、リーシャは息を呑んでしまう。

「アタシは星晶獣《ローズクイーン》。それがアタシの本当の名前……といっても、この名前も星の民から付けられたものだけれど。薔薇の星晶獣にして、森の魔女。あなたたちが見た島を覆う薔薇の結界はアタシの力なの」

ルリアが頷いた。

「ロゼッタさんの言っていることは本当です。でも、不思議、今まではロゼッタさんから星晶獣の気配なんて感じなかったのに……」

「そうね、でも、星晶獣のなかにはそういうことができるものもいるのよ」

「そういえば、ノアさんもそうでした……あのひとも気配が希薄で……」

「で、決着をつけるってもよ、どうすりゃいいんだ？」

オイゲンが尋ねた。

そういえば確かに具体的な手順まで考えたことがなかった。行けばなんとかなると思っていた。考えてみると、かなり行き当たりばったりだ。

「まずはアタシの薔薇の結界を解かないといけないわ。今はアタシの蔓や根が深くユグドラシルと絡み合っている。そうして彼女の暴走する力を抑え込んでいる。でも、このままだと、いずれはユグドラシルにアタシが乗っ取られてしまう。それほど、あの子に注ぎ込まれた力は大きいの」

「結界を解く……ということは……」

カタリナが空を見上げた。

青い空は薄墨色に染まりつつあった。夜の気配が忍び寄っている。けれども、薄暗い空を背景にして、時折り赤い火花があちこちで散っていた。

「ええ……。帝国の艇がルーマシーに降りられるようになってしまうわ」

全員が苦虫を嚙みつぶしたような顔になってしまった。

「そいつはキツイな。帝国とユグドラシル・マリスを同時に相手にするのは、どう考えても無理だ」

「そうね。ただ……そこはひょっとしたら避けられるかもしれない」

意外なロゼッタの言葉だった。

リーシャが「何故ですか？」と問うた。どうやら動揺は収まったようだ。覚悟を決めただけかもしれないが。

ロゼッタがルリアとオルキスを見た。

「二人がここにいるからよ。だからまず、帝国はもう一体の星晶獣の確保を優先すると思うの」

「星晶獣アーカーシャか」

「そう。あの宰相の真の望み。まさか、あんなものが、この地に眠っているとは思わなかったけれど……」

「ロゼッタ、アーカーシャとはどういう星晶獣なんだ。なぜ宰相はあれにそんなに固執している？」

「その話は長くなるわ……詳しいことは後で話すけれど、星晶獣アーカーシャは歴史を根本的に書き換える力を持つの」

　言われて、僕らは戸惑ってしまった。意味が判らなかったんだ。

「歴史というものは固定されたものではないの。ただ、少しくらいの揺らぎは呑みこんでしまう。たとえば、グラン、あなたがもし女の子だったとしても」

「僕が？」

「それでも、騎空士を目指して空を飛び出していたら、アタシたちと同じように知り合って同じような冒険をしていたでしょう。これが揺らぎの収束ね。でも、たとえ男の子だったとしても、ひとつの島から離れようとしない性格だったら、この世界の歴史は大きく変わってしまう」

「なるほど。つまり、ロゼッタは歴史というのは前者のように、異なる道を歩みそうでも同じような結果に収束すると言っているんだな？」

　カタリナが一足先に理解していた。僕はまだ判っていない。

　そのとき、ふと僕は思い出したんだ。

「そういえば、僕、そんな夢を何回か見たことがあります。そこでは僕は女の子で、そう……」

周りを見回した。夢なのにはっきり覚えている。いや、むしろ今だからこそ判る。あのとき夢のなかに居たのはここにいたみんなだと。

「騎空艇……いえ、グランサイファーに乗って、厨房でみんなの為に料理していたんです」

くすりとロゼッタが微笑んだ。僕ははっと我に返る。ひょっとして、とんでもないことを告白してしまったんじゃないだろうか。

「そうね……そう、そういうこと。歴史は概ねひとつの流れに収束する。でも、星晶獣アーカーシャはそういう歴史の流れを強引に根本から書き換えてしまう」

「根本から書き換える……だと？」

カタリナが言った。

「ええ。例えば、『そもそも星の民なんていなかった』みたいに……」

ガン、と頭を殴られたような衝撃を感じたんだ。

確かにそれは根本的だった。

星の民がいなければ、覇空戦争も起きない。星晶獣もいない。星の民と空の民の子であるオルキスなんて、存在さえしなくなってしまう！

「そんなこと……大混乱だぞ」

「いいえ。混乱はしないわ。だって、そもそも誰も星の民がいたことを知らないんだもの。でも、そうやって書き換わった世界は、今ここにいる誰が消えていてもおかしくない世界なの。それどころか……」

　ロゼッタはひとつ息を吸ってから言った。

「世界そのものが無くなってしまっていても、おかしくないわ」

8

　ロゼッタは動けなかった。

　星晶獣としての力を振るっている彼女は、力のほとんどをユグドラシルを抑え込むことに使っており、移動するだけの力もなかったのだ。

　僕たちは彼女をそこに残したまま、ユグドラシル・マリスと対決するしかなかった。

　対決までの手順は打ち合わせた。

　まず、ロゼッタが頃合いを見て、ユグドラシルとの接続を切る。

その瞬間に、薔薇の結界は解けてしまう。ユグドラシルの再暴走が始まる。結界が解けたために、帝国の騎空艇も島に近寄れるようになる。

ここからは時間との勝負だった。

帝国側はおそらく神殿へと向かう、とロゼッタが言った。

そこに星晶獣アーカーシャのコア【核】があるからだ。コアの確保に全力を尽くすだろうと。

ひょっとしたら、それこそが防ぐべき事態なのかもしれない。けれど、だからといって狂えるユグドラシルを放っておくことは僕たちにはできなかった。再暴走からユグドラシルの崩壊まではさほどの猶予はないとロゼッタが言う。

ユグドラシルが崩壊すれば、ルーマシー群島は空の底に落ちる。

だから僕たちはユグドラシルを抑えることを優先する。

そのための方法は――。

「ユグドラシルのコアを狙うの」

ロゼッタが言った。

コアの場所も教えてもらった。

《紫輝花湖》――僕たちが初めてルーマシー群島を訪れたときにユグドラシルと出会っ

た場所だ。

荒れ狂うユグドラシル・マリスの力をビィによって抑えてもらう。それには力を注ぐ為の焦点が必要で、それがコアなのだ。

ビィがコアに力を注ぎ込み、魔晶の力を抑える。

それからユグドラシルを正気に戻す。

自我を取り戻すことさえできれば、僕らにはルリアもオルキスもいる。

溢れる魔晶の力を吸い上げることで、ユグドラシルを安定化させることができるはずだった。

「よし、それで行こう！」

「絶対、成功させましょう！」

僕らは《紫輝花湖》を目指した。

森のなかは、夕暮れから夜までが早い。

薄墨色の空はあっという間に黒く染まってしまう。けれども、森のなかで僕たちは迷うことがなかった。

歩く先々で薔薇の蔓が手招きをするかのように現れ、花びらを光らせていたからだ。

道しるべを辿（たど）って湖へ。

見覚えのある光景に辿りついたときには、おそらく深夜に近い時刻になっていた。

「ルリア、頼む」

「は、はい！」

ルリアが目を閉じて、胸の前で手を組んだ。

「ロゼッタさん……」

祈りを捧げるかのようにつぶやいた。

すると……。

僕たちを導いていた光る薔薇の花束が一斉に枯れた。

真っ暗になる。ほぼ同時に、夜の空に瞬(またた)いていた火花が消えた。帝国の砲撃が収まったのだ。薔薇の結界が解けた。帝国戦艦が動き出す。

「あ、見て！」

イオが叫んだ。

湖の中央にぼうっと光る球体が現れた。

ひとと同じくらいの大きさの珠だ。

「あれが――コア……」

「っと、来やがったぜ！」

コアを護るかのように、湖のなかから、いくつもの植物の茎が飛び出してくる。

以前に神殿で見たものと同じ、茎を——いや根かもしれないが——何本も寄りあわせたような太さをしている触腕だ。先端が丸く膨らんでおり、棘が牙のように並んだ口に似た顎を開いて襲い掛かってくるのだ。

再暴走が始まった！

僕は頭上のビィに向かって叫ぶ。

「お願い！」

「ああ！　まかしとけって！」

ビィはコアの真上まで飛んでゆくと、星の力を抑えにかかった。

それに気づいたのだろう。触腕がビィを狙って跳ね上がった！

銃声が轟く。

「させねぇよ！」

「おっさん、まだなんか出てくるぜ！」

オイゲンに並んで銃を撃ちながらラカムが叫んだ。

湖を二つに割って、さらに巨大な触腕が二つ、飛び出してきた。しかも、光るコアは見ている間にもその大きささを増してゆく。次第にひとの形らしきものが見えてきた。

茶色の髪の巨大な女性の姿だった。

「ユグドラシル……」

悪意に囚われたユグドラシルはふたつの瞳を閉じたまま苦痛を与えられていることを示すように眉間に深い皺を寄せている。手足をまるで囚人のように茶色の触腕で絡めとられていた。

風に鳴る金管楽器のような――いや、それよりも不快な音だ。悲鳴のようにも聞こえる音が湖の上に鳴り響いた。

聞いているだけで頭が割れそうな音だった。

「負けねえぞ！　オイラ、負けねえ！」

ビィが必死になっていた。力を注ぎ続けている。だが、まだ……。

湖から最後に飛び出てきた二つの触腕が、まるで大きなこぶのような先端を解いて、家一軒を呑みこめそうな口を開いた。ビィを狙っている。

「あ、あんなの……どうやって戦えば……！」

リーシャの声が震えていた。

僕は思い切って言う。

「大丈夫です、リーシャさん。貴女が落ち着いてくれれば勝機はある」

リーシャ

「ユグドラシルは土の属性の力を振るう星晶獣なんです。土を剋するのは風。リーシャさんは得意なはず。むしろ、貴女が号令をかけてくれたほうがいいくらいです」

共に何度か戦ったのだ。リーシャの剣が風の属性の力を乗せて戦っていることには気づいていた。

「わたし……が？」

目を瞠ってリーシャが言った。意外そうな顔だ。けれど――。

しかも彼女は、ファータ・グランデの空の秩序を守る一大騎空団の長なのである。才覚はある。リーダーとしての。

ごくり、と彼女は空唾を呑みこむ。

きりっと顔を引き締めると、剣を抜いた。

「判りました。やってみます！　あの大きな頭のような触腕から狙います。イオさん、ビィから注意を逸らすために、あの左のやつをできるだけ大きな魔法で狙ってください！」

「判った！　まっかせて！」

「オイゲンさんもです！」

「おう！」

「ラカムさんは、右のやつの注意を！」

「任しときな！」

矢継ぎ早に命令を下していく。その間にももちろん地上に生えている植物たちが僕たちを狙ってくるのだが、それはカタリナが相手をしていた。護りに徹したカタリナは驚くほど敵を寄せ付けないのだ。

「ルリア！」

僕は背中にいる彼女に声をかける。それだけで通じていた。

「はい。呼びます！」

ルリアの薄い唇が開いて、彼方の存在に呼びかける言葉が零れだす。

「始原の竜、闇の炎の子よ。遥かなる空の彼方からの声に応えよ……いざ来たれ、疾く。赤き軛を砕き、我に力を貸したまえ……来たれ、疾く！　汝の名は――」

《原初のバハムート》！

夜が闇に裂かれた。

星の瞬く空を切り裂いて、咆哮(ほうこう)とともに羽ばたきの音が聞こえる。

ビィが叫ぶ。

「ええい！　おさまれえええええええ！」

光る球体――コアの輝きを反映していたユグドラシル・マリスの身体の輝きが――消えた。


その瞬間に僕は湖に向かって駆け出していた。

「グ、グラン!?」

リーシャの驚いた声が聞こえる。号令を下していた彼女にも予想外だったのだろう。

だが説明している余裕はなかった。

跳ぶ。

光る湖の上に着水する寸前、黒い影が僕の頭上に滑り込んでくる！

次の瞬間には、僕は梢(こずえ)を抜け、星の瞬く空にいた。

手には短剣。

ロゼッタから預かった風の剣だ。

チャンスは一度、あるかないか。

僕を摑みにきたバハムートの鉤爪にしがみつき、空へと飛んだのを見たリーシャは号令を再開していた。

湖から飛び出してきた一際大きな二つの触腕のうち、まずリーシャたちから見て左側のやつが砕けた。オイゲンの銃だ。

続いて右の触腕が砕ける。イオの放った魔法だった。

これで残るは本体だけだ。

「バハムート……頼むぞ！」

竜の鉤爪に摑まりながら伝える。僕とルリアの魂は繫がっているから、彼女が呼び出した星晶獣を通じて伝わっているだろう。

バハムートが巨大な顎を開いて、眼下の星晶獣に向かって吼えた。

《大いなる破局》！

土水火風、四つの元素のいずれでもない、闇の属性を帯びた不可視の咆哮が放たれた。

ユグドラシルを拘束する枝を片端から吹き飛ばしてゆく。湖に突き刺さり、巨大な王冠状に水を吹き上げた――いま、だ！

僕は摑んでいた手を放し飛び降りた！

耳元で風が唸る。

狙うは、ユグドラシル本体の腰から下をまるで鎧のように覆っている部分だ。彼女を拘束している最後の砦——落下する軌道の真下にある。

「弾けろぉぉぉぉぉぉぉぉぉお！」

短剣を振りかぶり、振り下ろした。風属性の力をまとった短剣は、まるで飴を切るナイフのように触れた箇所を切り裂いてユグドラシルを解放してゆく。裂けた処に風が吹き込み、さらに弾き飛ばす。

アアアアアアアアアアアア！

短剣が切り裂く風の音が聞こえていた。ユグドラシルの悲鳴のように。

ユグドラシルを捕らえていた軛をすべて切り裂くと、そのまま僕は湖のなかへと沈んでいった。

エピローグ

「まったく無茶しすぎです！」

リーシャに言われてしまったが、僕もルリアもけろっとしていた。だって、いつものことだ。

僕が大丈夫だったことは、ルリアには判っていたし。

全身を覆うような金属鎧を着ていたら沈みっぱなしだったろうけど。あれは子どもひとり分以上の重さがあるのだ。

湖の縁まで辿りついて身体を引き上げたときは疲れ果てて、そのまま眠ってしまいそうだった。

ユグドラシルの暴走は収まっていた。

正気を取り戻した一瞬をついて、ルリアとオルキスがユグドラシルから溢れ出す星の力を吸い上げていた。

小さな姿に戻ったユグドラシルは僕たちに向かって頭を下げる。オルキスもまたユグドラシルへとごめんなさいを繰り返したが、ユグドラシルは小さく首を横に振ってからオルキスに笑顔を返した。オルキスの瞳から涙が溢れる。凍てついた表情だったオルキスの頬を温かい涙が濡らした。

ユグドラシルはそのまま膝を抱えて眠ってしまった。

彼女も疲れたんだろう。

それを見送ってから僕たちはロゼッタの元に戻った。

朝になっていた。

大丈夫と判っていたわ、と言ったくせに、ロゼッタはほっとした顔をしていた。

朝露にきらきらと輝く森のなかを、合流した僕たちは騎空艇港へと向かって歩いた。

そのままグランサイファーを目指さなかったのは、港における帝国側の状況を少しでも早く知りたかったからだ。空にはもう戦艦の姿はなかったが、残った帝国兵と小競り合いをしていないとも限らない。

だが帝国は島の周囲には居なくなっていた。

アーカーシャのコアを持ち去ってしまったと思われた。

僕たちは苦い思いを嚙みしめる。

「痛みわけ……か」

「そうでもない」

カタリナのつぶやきに応えが返る。

「やはり、こちらに来たか。おひとよしどもめ」

騎空艇港の栈橋に姿を現したのは……。

「アポロ！」

オルキスが駆け寄ってゆく。

「ふん……どうやら、無事だったようだな。我が人形よ」

その言葉に一瞬だけオルキスはたじろぐが、それでも彼女は黒騎士の元へと飛び込んでいったのだ。

黒騎士の後ろには当然のような顔をしてドランクとスツルムがいた。

僕は思い切って尋ねてみる。今までの黒騎士の態度を考えると、僕が訊いても答えてはくれないかと思ったのだけど。

「そうでもない、って言うのは……？」

「駒はこちらのほうが揃っている。ルリアと、私の人形と。だが、あの女が私を欺いて何をするつもりなのか、それがまだ判っていない」

「宰相フリーシアが何をするつもりなのか……」

「そうだ。だから、全てを調べ尽くす必要がある。全てをだ」

「で、でも、どーやってだよ？」

ビィが言った。

それは僕ら全員の疑問でもあった。フリーシアの野望の全容……そんなものを突き止められる場所があるというのだろうか。

「調べられる場所はたったひとつ――」

黒騎士――アポロニア・ヴァールが星の瞬く空を見上げながらその場所を告げる。

「――帝都《アガスティア》」

私はそこに向かうつもりだ、と彼女は言い放ったのだった。

あとがき

こんにちは、はせがわみやびです。

島々が空に浮かぶ世界の九つめの冒険をお届けします。

さて、前回予告したように今回は怒濤の展開です。

訪れる島の数も最多なら、戦う相手も最多の気がします。ついでに登場人物の数も最多なので賑やかです。

起きている出来事は割と深刻なんですが、それでもグランもルリアも元気に活躍していますよ！

書くべき出来事が多いために、残念ながら今回はおまけの短編はカットになりました。

それでもぎりぎり収まった感じです。

ファータ・グランデ編は次回の十巻でひと区切りとなりますが、次もどうやらぎりぎりになりそうなので短編を入れる余地はなさそうなのが残念です。その代わりに本編をたっぷり楽しめると思っていただければ。

今回は薔薇の魔女ことロゼッタさんの過去が明かされました。ゲーム内で語られている情報を判りやすく詰め込んでみたつもりですが如何だったでしょうか。Cygames様には現時点で明かせる範囲のエピソードを出来る限り教えていただきました。それらを語れる範囲でぜんぶ盛り込んだつもりですが——これでもまだまだ語り足りないんですよね。

いつか全て明らかになる日はくるのでしょうか……。

では、恒例の謝辞を。

Cygames様、今回は過去のエピソードについてあれこれ教えていただきましてありがとうございました。全てを語れないのが残念です。

編集の佐々木さま、かつてないスケジュールになってしまい申し訳ありません。感謝しております。

誤字の撲滅を手伝ってくれている友人たち、春日秋人さま、ルイカさま、織神さま、ありがとう。あまうい白一さんもあれこれ相談に乗ってくれました。感謝です。

そしてもちろん、読者のみなさまには格別の感謝を。

さて、いよいよ、帝都アガスティアにグランたちは乗り込みます。

謎（なぞ）に包まれていたエルステ帝国の都で、グランたちはかつてない試練を迎えることになります。

果たしてグランたちの運命は如何（いか）に。

乞（こ）うご期待、なのです！

お届けできるのは……春かな？

お楽しみに！

■ご意見、ご感想をお寄せください。

ファンレターの宛て先
〒102-8078　東京都千代田区富士見1-8-19　ファミ通文庫編集部
はせがわみやび先生

■QRコードまたはURLより、本書に関するアンケートにご協力ください。

https://ebssl.jp/fb/17/1627

- スマートフォン・フィーチャーフォンの場合、一部対応していない機種もございます。
- 回答の際、特殊なフォーマットや文字コードなどを使用すると、読み取ることができない場合がございます。
- お答えいただいた方全員に、この書籍で使用している画像の無料待ち受けをプレゼントいたします。
- 中学生以下の方は、保護者の方の了承を得てから回答してください。
- サイトにアクセスする際や、登録・メール送信時にかかる通信費はご負担ください。

FBファミ通文庫

グランブルーファンタジー IX

G10
1-9
1627

2017年10月30日　初版発行

著　者　はせがわみやび
発行者　三坂泰二
発　行　株式会社KADOKAWA
〒102-8177 東京都千代田区富士見2-13-3
電話 0570-060-555(ナビダイヤル)　URL:http://www.kadokawa.co.jp/
編集企画　ファミ通文庫編集部
担　当　佐々木真也
デザイン　渡辺公也
写植・製版　株式会社オノ・エーワン
印　刷　凸版印刷株式会社

〈本書の内容・不良交換についてのお問い合わせ〉
エンターブレイン カスタマーサポート　0570-060-555 (受付時間 土日祝日を除く 12:00〜17:00)
メールアドレス:support@ml.enterbrain.co.jp　※メールの場合は、商品名をご明記ください。

ISBN978-4-04-734852-3 C0193

定価はカバーに表示してあります。

賢者の孫7

豪勇無双の英雄再臨

著者／吉岡 剛
イラスト／菊池政治

既刊 1～6巻好評発売中！

ついに魔人と激突!!

シンとシシリーが創神教教皇エカテリーナから新しい二つ名を拝命し身悶えている中、ついに動き出した「魔人領攻略作戦」。翌日の総攻撃に備えるためシン達連合軍が小休憩していると、一部の軍人が、魔人に攻撃を開始した！　戦闘音に気づきシン達は、すぐに現地に向かうのだが……。

ファミ通文庫

女神の勇者を倒すゲスな方法３「ボク、悪い邪神じゃないよ」

著者／笹木さくま
イラスト／遠坂あさぎ

既刊 女神の勇者を倒すゲスな方法１～２

ゲス参謀VS女神教、最終決戦!?

「女神教の大神殿に攻撃を仕掛ける」真一は宣言した。“聖女”まで魔王城の住人となり、人間側の理解者も得られた。今が攻め時と、聖都に乗りこんだ真一は四大枢機卿の一角、聖母卿に狙いを定める。一方、あの男が一万の勇者の大群を率いて復活しようとしていて――。